La collection évasion

Avec la collection Évasion, empruntez un chemin tout en aventures et en émotions où tous les styles sont permis. Accompagnez nos talents belges pour une échappée belle en toute liberté !

Sélectionnés lors de deux sessions de speed-dating organisées chaque année, les auteurs d'Évasion vous proposent des histoires captivantes, à l'écriture fluide et de qualité, qu'il vous sera difficile de lâcher !

Une collection emmenée par Anne Ledieu, Laurence Ortegat et Françoise Rihoux.

Damienne Lecat, *Le pisseux*, 2019.

Dina Kathelyn, *Passe le train*, 2019.

LE
PISSEUX

D/2019/4910/10 ISBN : 978-2-8061-0444-1

© **Academia – L'Harmattan s.a.**
Grand'Place 29
B-1348 Louvain-la-Neuve

Tous droits de reproduction, d'adaptation ou de traduction, par quelque procédé que ce soit, réservés pourz tous pays sans l'autorisation de l'auteur ou de ses ayants droit.

www.editions-academia.be

LE PISSEUX

Damienne Lecat

Roman

Encore une qui va me faire chier, se dit Éric en la voyant par la fenêtre débarquer de sa vieille Kangoo garée en double file, les quatre clignotants allumés. Il n'a pas tort. Les seins à l'air, mais le cul presque invisible sous un large pantalon, une bonne femme dépose deux poufs, un narguilé et une plante verte qui obstruent l'entrée de l'immeuble, puis, sans la moindre gêne, elle s'en va au volant, sans doute à la recherche d'une place de parking dans le quartier. Elle revient à pied une demi-heure plus tard. Tout ce temps pour un simple créneau ! Le chat tigré qui passait par là a eu le temps d'exercer ses griffes sur le pouf de droite et de marquer son territoire sur celui de gauche, ce qui rend Éric presque guilleret. Elle va se marrer dans le quartier, la gamine !

Elle sonne à la porte, alors qu'il est occupé dans sa chambre à son sacro-saint rituel matinal. Les draps en satin de coton doivent sortir encore chauds du séchoir pour être directement tendus sur le lit, leur parfum envahissant la pièce et les plis n'ayant pas le temps de se marquer. Un ou deux coups de poing pour regonfler l'oreiller. Chaque geste lent et mesuré exige calme et concentration. Au fil des ans, sa délectation ne s'est pas diluée. Le coup de sonnette impromptu gâche le cérémonial et il ouvre à la nouvelle venue, par curiosité sans doute. Parfois remontent en lui de vagues restes d'intérêt pour la gent humaine. Rarement.

— Bonjour, voisin. Moi, c'est Prune. Je ne comprends pas le système de l'interphone. Vous devez avoir le même. Vous voulez bien me montrer ?

Un regard suffit pour compléter le tableau de l'intruse saisi plus tôt à travers les rideaux : sous des cheveux noirs bouclés mi-longs s'ouvrent deux grands yeux verts séparés par un nez en trompette et une bouche charnue. Le teint mat, un point de beauté sur la pommette gauche. Modèle réduit : pas plus d'un mètre soixante.

Il referme *illico* la porte sans répondre, sans s'arrêter à sa mine interloquée, sans prendre garde à ne pas lui écraser les pieds ou lui écrabouiller sa poitrine gonflée. Elle ignore qu'il vaut mieux pour elle qu'ils en restent là. Dans la seconde, elle sonne derechef, un petit coup bref, impertinent, sûre qu'on ne lui résistera pas et qu'elle est dans son bon droit. Éric doit avoir envie de s'amuser, ce matin-là, car au lieu de l'ignorer, il lui ouvre à nouveau :

— Hello, neighbour. My name is Prune. I do not understand the system of the intercom. You probably own the same, will you show me ?

Elle a de la suite dans les idées, parle bien anglais avec un accent indéterminé, mais le fait toujours chier. Donc, couper court :

— Rien à foutre. Je ne suis pas concierge.

Pourquoi mettre les formes ? Depuis plus de trente ans, aucune femme n'a franchi le pas de sa porte, à part Anne. Mais elle, ça ne compte pas vraiment.

Durant toute la première semaine, elle l'a emmerdé, la nouvelle voisine. La bouche en cœur et les yeux rieurs, la gentillesse dégoulinante et la bonne humeur qui se veut contagieuse. Horripilant.

Premier jour. Il dort encore, il a lu tard la veille. Elle le réveille en sursaut, torture suprême. Heureusement, il est sec. Après avoir déchiffré son nom sur la sonnette, elle a sans doute déduit finement que l'anglais était inadéquat pour communiquer. Le redoutable sixième sens féminin.

— Ce serait sympa de faire connaissance. Vous viendriez bien cet après-midi boire une tasse de thé chez moi ?

À l'arsenic, la tisane pour bobo ? Avec une petite fumette pour accompagner ?

— Je suis super contente d'emménager dans ce quartier, ça me change d'où j'habitais avant. Et l'appart est géant !

Sur ce coup-là, elle n'a pas tort. Même si Éric ne met que rarement le nez en dehors de chez lui, ce quartier bruxellois lui a toujours plu, en tout cas sa rue, large, arborée et bordée de maisons des années cinquante, époque où le moindre mètre carré ne valait pas encore une fortune et où les logements pouvaient s'étaler plus que ne l'exige le minimum vital. Le hall d'entrée central, aux murs couverts de pierre de France et au sol en marbre, dessert les deux appartements du rez-de-chaussée, les plus vastes et les plus luxueux : en façade, grand living avec parquet à bâtons rompus en chêne et cuisine. À l'arrière, trois chambres (en plus de celle où il dort, il utilise l'une comme bureau et a transformé l'autre en buanderie). Pour les trois logements à l'étage, une cage d'escalier latérale a été prévue qui annule quasi tout contact avec les autres locataires, sauf avec ceux de l'autre appartement du rez-de-chaussée, là où a emménagé le week-end dernier celle qui répond au prénom risible de Prune – ses parents doivent être horticulteurs ou végétariens. Les loyers ne sont pas donnés dans cette partie de la ville, mais lui paie depuis trente ans des cacahuètes jamais indexées. Le seul cordon qui le relie encore avec sa tante Catherine, la propriétaire. Il referme la porte, sans mot dire. Un réveil en douceur est un luxe qu'il s'offre chaque jour, sauf quand une petite connasse se croit tout permis. À huit heures du matin, de surcroît.

Le lendemain, même heure, il reste au creux de son lit sans réagir ; elle en conclut qu'il est sourd et laisse son doigt enfoncé sur la sonnette. Trois minutes.

— Vous préférez peut-être venir boire une prune ?

Là, un sourire amusé éclaire ses yeux verts, très verts, attendant qu'il sourie aussi pour lui signifier qu'il a compris l'idiote allusion sans grivoiserie. Elle marque une pause avant de poursuivre :

— Mon oncle m'en offre régulièrement, mais je n'aime pas ça.

— Je ne bois pas, éructe-t-il.

Premier borborygme mensonger de sa part. Première victoire pour elle, qui allume une brillance particulière dans ses yeux. Il n'ouvrira plus la bouche en sa présence, pas question de lui offrir encore ce plaisir.

Troisième jour. Démonstration de l'inefficacité des boules Quiès à l'isoler totalement du timbre irritant de la sonnette. Pourquoi une telle insistance ? Un pari ? Une caméra cachée ? La folie ? Éric a tiré le gros lot avec cette sangsue. Cette punaise. Cette teigne.

— J'ai cru lire de l'intérêt dans votre regard en parlant de la prune de mon oncle. Voilà la bouteille, je vais la déposer dans votre cuisine.

Elle peut se la mettre où il pense, la pruprune de son tonton. Elle tente un pas pour franchir le seuil, mais il est le plus prompt et ferme la porte sur sa sandale. Espoir qu'un gros orteil endolori lui rappelle quelque temps le caractère infranchissable de son seuil. Que le rouge de son vernis à ongles se confonde avec sa chair tuméfiée.

Quatrième jour.

— Demain soir, je pends la crémaillère avec des copains, et il risque d'y avoir du bruit assez tard dans la nuit. Le plus simple serait de vous joindre à nous.

Prudente, l'agitée de la touffe : cette fois-ci, elle a mis des chaussures fermées. Mais pas très cohérente dans son raisonnement : un sourd débranche son appareil auditif quand les voisins chahutent, il ne partage pas leurs délires orgiaques. Éric reste muet, cette fois.

Sixième jour (le cinquième, trêve : elle a dû cuver au fond de son lit après une nuit de débauche bibitive).

— Je vais faire des courses. Il paraît que vous ne sortez jamais. S'il vous manque quoi que ce soit, n'hésitez surtout pas. Je vous ai mis mon numéro de portable sur un papier, au cas où vous seriez malade.

Lui, incapable de se débrouiller à la moindre petite fièvre ? Ses cinquante-cinq ans concurrencent Mathusalem ? Elle doit confondre avec les locataires précédents de son appartement, un vieux couple tellement décati qu'il était vraisemblablement parti en maison de repos. Aucun corbillard ne s'est en tout cas arrêté devant l'immeuble. Bientôt, elle voudra l'enterrer, comme un vieux croûton racorni entre ses quatre murs. Voudrait-elle précipiter sa mort pour étendre son territoire en abattant les cloisons entre les deux appartements ?

Le septième jour, Éric débranche la sonnette.

Comme tous les lundis, Anne débarque discrètement et vient le saluer, alors qu'il travaille à son bureau. Il n'a pas besoin de lever les yeux pour la voir. Elle a hérité de la silhouette trapue et massive de leur père et n'a aucun goût pour s'habiller. *S'affubler* serait le terme adéquat pour la jupe à volants fleuris et le chemisier blanc sale qui recouvrent immuablement ses os lourds. En termes de coiffure, cela ne vaut guère mieux : une sempiternelle queue de cheval brunâtre attachée par un maigre élastique dégage un visage qui aurait pu être avenant s'il avait été un tant soit peu soigné. Il ne lui manque que quelques poils au menton, mais ça viendra sans doute avec les années. Et s'accentuera l'odeur surette que dégage toute sa personne. Sa sœur ressemble à une vieille fille, ce qu'elle est, par ailleurs. Pas baisable, pas baisée.

— Bonjour, tu vas bien ? interroge-t-elle en embrassant Éric sur la joue, interruption malencontreuse dans sa lecture du journal.

Chaque semaine, la même question avec la même intonation faussement enjouée et le même intérêt feint. Chaque semaine, la même non-réponse dont elle doit se contenter. Elle connaît pourtant les contraintes techniques du journal et l'obligation d'Éric d'envoyer pour dix-sept heures sa chronique quotidienne. Au moins aura-t-elle retenu qu'il était inutile, voire imprudent, de lui remettre le bonjour de leur père, avec lequel elle habite encore et toujours.

Il la soupçonne de trouver là une excuse pour entrer dans sa pièce de travail et, l'air détaché, comme s'il ne la remarquait pas, caresser du bout des doigts le bois d'un caramel brillant du bureau hérité de leur grand-père maternel, Paul, lui qui a délaissé femme et enfants au sortir de la guerre pour aller vivre en France. Le tablier du bureau remonte sur le côté gauche, dans un bâillement qui le détache du socle des tiroirs. Il manque la poignée du grand tiroir central, et il est obligé de passer sa main par-dessous pour l'ouvrir et y retrouver de vieux papiers et son passeport périmé depuis des dizaines d'années. Il n'ose confier qu'une pièce d'identité obsolète à cet aïeul déserteur, dont l'existence ne lui a été révélée qu'à sa mort, alors qu'il le croyait enterré depuis longtemps. Un clou dépasse obstinément juste devant son clavier d'ordinateur. Sa tête émoussée surgit comme un ver hors du bois et, après chaque coup de marteau destiné à l'enfoncer dans son trou, suivant un temps de latence plus ou moins long, elle resurgit pour le saluer. Ou le narguer. Comme ce grand-père soi-disant disparu qui ne s'est pas manifesté à la mort de sa fille, qui ne s'est pas soucié du sort de ses petits-enfants désormais orphelins de mère. Cette indifférence – mais a-t-il seulement été mis au courant de la mort de sa fille ? – aurait dû le lui rendre ignoble. Pourtant, Éric aime passer la main sur les veines sombres du bois de ce bureau et penser à sa mère qui, petite fille, trouvait refuge entre les six pieds du bureau et de son père attablé. Est-ce Paul qui a tapissé l'intérieur des tiroirs de ce plastique autocollant rouge ? Est-ce lui qui a façonné les quatre pièces de bois qui rehaussent le meuble ? Sans cet artifice, il lui serait impossible de glisser ses jambes sous le tiroir central. Était-il, lui aussi, de belle taille, son grand-père Paul ? Souffrait-il du dos, comme lui après de longues heures passées à taper un texte sur ce vieux bureau, bas, petit, gondolé, au clou récalcitrant, mais qui résiste à la rationalisation moderne ? Ses veines hypnotisent son regard à la recherche d'inspiration et le raccrochent à des racines familiales qu'il voudrait oublier. Il n'y arrive pas.

Anne dépose à la cuisine son grand panier et, comme elle va chercher la suite, Éric se lève pour en inspecter le contenu. Hachis parmentier. Bœuf bourguignon. Lasagne. Etc. Rien de nouveau, elle ne s'est pas foulée. Aucun plat asiatique, alors qu'elle sait pertinemment qu'il en raffole et qu'ils ne sont pas compliqués à préparer. Pas de rognon de veau non plus, malgré sa demande.

— Voilà ton linge. J'ai recousu le bouton de la chemise bleue.

Elle attend quelques secondes avant d'oser :

— Pour une fois, tu rangeras toi-même ? Mon rendez-vous chez le dentiste est dans une demi-heure, et avec le trafic…

Elle ne termine pas sa phrase. Il la regarde, sans un mot, sans une expression sur le visage, tandis qu'elle range rapidement le linge dans la penderie, avant de retourner à la cuisine et de mettre au congélateur les repas de la semaine.

— Je t'ai apporté de la poudre à lessiver, pour tes draps. Et de l'adoucissant aussi, mais il n'y en avait plus parfum lavande, alors j'ai pris vanille.

Non seulement elle jacasse tout le temps, mais en plus elle n'est pas foutue d'exécuter son boulot correctement. Éric soupire et lui montre la sortie. Sur le pas de la porte, elle se retourne :

— J'ai croisé ta nouvelle voisine, elle a l'air sympa. Essaie que cette fois-ci tout se passe bien.

Pour qui se prend-elle, cette pouffiasse ? Elle n'a pas à lui dicter sa conduite. Il lui répond aussi sec :

— De toute manière, si ça ne se passe pas bien, tu résoudras le problème pour qu'elle me foute la paix, non ? On est au rez-de-chaussée, mais les escaliers de la cave feront l'affaire…

Les yeux d'Anne s'embuent, et le tremblement de ses lèvres s'accentue : image de la pleutrerie faite femme. Presque un pléonasme.

— Tu es vraiment méchant quand tu veux.

C'est bien ce qu'il dit. Aucune couille. Elle lui fait trop penser à leur père, avec ses trémolos dans la voix. Qu'elle aille le rejoindre et qu'ils pleurnichent à deux, ils font la paire. Il précise :

— T'as intérêt, la semaine prochaine, à apporter des rognons de veau. À la dijonnaise, les rognons. Salut.

Comme elle ferme la porte, il se replonge dans le journal.

Sa maman est restée au lit très très longtemps, dans sa chambre sombre qui sentait mauvais. Puis elle est partie, et son lit est resté vide. Elle est allée au ciel, lui a chuchoté Anne en le serrant dans ses bras. Elle a de la chance, sa maman. Lui aussi, il aimerait monter dans un avion à hélices pour aller jouer au trampoline sur les gros nuages blancs. Mais il s'est trompé. Son papa pleure, Anne pleure, Irène, l'amie de sa maman qui est venue pour s'occuper d'eux, pleure aussi. Alors, Éric pleure. C'est impressionnant de voir les grands pleurer. Sauf son papa : lui, c'est plutôt marrant, parce qu'il lui a souvent répété que ce sont les mauviettes qui pleurent. Il a le nez rouge, les yeux gonflés : c'est ça, une tête de mauviette ? Éric n'a pas osé lui poser la question.

Maintenant, cela fait des semaines que sa maman est dans le ciel. Elle n'en a pas marre de voler toute seule, là-haut ? Elle n'a pas envie de redescendre sur Terre pour venir l'embrasser ? Chaque soir, il l'attend. C'était leur moment à eux deux, où ils se murmuraient leurs secrets, se chuchotaient leur journée, et où elle lui lisait une histoire. Quand Irène lit un album, elle ne prend pas la voix de la sorcière ni celle des nains. Elle dit tout de la même manière, c'est plat. Et elle se dépêche pour avoir plus vite fini, même si elle ne veut pas le montrer. Parfois même, elle saute une page et elle croit qu'il ne remarque rien. Éric se relève toujours après qu'elle est partie, pour ouvrir la fenêtre. Si sa maman a décidé de revenir la nuit pour un gros câlin avec lui, elle doit pouvoir atterrir dans sa chambre.

Éric n'attend pas que la nuit. Il attend le matin, le midi, le soir. Au petit-déjeuner, il espère la retrouver, car elle seule connaît la bonne dose d'Ovomaltine dans son lait. Quand il rentre de l'école, il court sur la route pour la retrouver plus vite et ne marche que lorsqu'il est trop essoufflé. Mais c'est Irène qui lui ouvre la porte et qui lui ordonne d'enlever ses chaussures pour ne pas salir l'intérieur. Quand papa rentre du bureau, il se dit que maman l'a peut-être rejoint et qu'ils reviennent à deux, mais il a beau chercher des yeux derrière papa, il n'y voit jamais personne. Quand il demande à Irène : « Elle revient quand, maman ? », elle lui fait « Chuuut ! » avec des gros yeux. « Ton père va t'entendre. »

Ce soir, Anne est venue dans son lit. Elle a froid aux pieds et elle les lui colle sur ses cuisses pour les réchauffer.

— Pourquoi ta fenêtre est ouverte ?

— Pour maman, quand elle descendra du ciel. Tu sais quand elle va rentrer de son voyage ? Elle te l'a dit, à toi ?

Anne soupire avant de répondre :

— Mais Éric, tu n'as pas bien compris. Elle ne va pas revenir. On te l'a dit, elle est morte. Et quand on est mort, c'est pour toujours. Ça veut dire que jamais, jamais on ne la reverra, et c'est très triste.

Anne a une drôle de voix quand elle lui parle.

— Mais tu avais dit qu'elle était au ciel ?

Alors, elle lui raconte ce que sœur Angèle a expliqué en classe quand leur maman est morte. Nous, on est malheureux parce que maman nous manque, mais elle, elle a de la chance, car elle est avec Jésus, dans un endroit très beau, où tout le monde est gentil, où on n'a jamais ni trop chaud ni trop froid, où tout est beau.

— On peut manger autant de glace qu'on veut ?

— Je ne sais pas, sœur Angèle ne l'a pas dit.

— Tu crois que maman est contente, là-bas ? Même sans nous ?

— Oui, parce qu'elle nous voit. C'est pour ça que sœur Angèle a dit qu'on devait être sages, parce que maman nous surveille et que ça lui fait plaisir quand on est gentils.

— Et on ne la reverra jamais ?

— Oui, quand on sera vieux et qu'on sera morts, on la retrouvera. Et on restera ensemble pour toujours.

— Et Irène aussi, elle sera là ?

— Non, Éric, non. Irène n'ira pas au ciel.

Ce matin, il trouve, glissé sous la porte d'entrée, un papier arraché d'un bloc-notes :

> Cher voisin, je dois m'absenté toute la journée et j'attend un colis. Pourriez-vous le réceptionné pour moi ? Merci. Prune

Elle a dû déposer ce mot alors qu'il dormait encore, il ne l'a pas entendue. Dans la journée, ses déplacements sont tout sauf silencieux. De nombreux va-et-vient dans le hall témoignent de sa vie animée, c'est son droit le plus strict. Aucun mégot dans le hall, pas de seringues qui traînent non plus, Anne les lui aurait signalés. Mais ce mot... Elle est gonflée, la môme ! Dans le genre forcer la main à quelqu'un, elle se débrouille plutôt bien. Mieux que pour la conjugaison et la distinction entre l'infinitif et le participe passé. Trois erreurs en deux phrases. Les fautes d'orthographe ont toujours eu le don de le mettre en rogne, et cette demande sans gêne ajoute une couche à son agacement. Elle pense, cette pimbêche effrontée, le mettre devant le fait accompli, le mener à la baguette là où elle le veut, le soumettre l'air de rien à sa volonté de bonne femme écervelée. À qui croit-elle s'adresser, quand elle a écrit « Cher voisin » ? « Voisin » d'accord, même si c'est à son corps défendant. Mais Éric s'insurge contre le « cher ». Il lui est aussi cher que l'est un couteau à la fourchette rangés côte à côte dans le tiroir à couverts. La contiguïté spatiale n'octroie aucun droit à la familiarité. Elle se fourvoie, pour ne pas dire qu'elle l'a dans le cul, il n'ouvrira pas. Aucune envie de jouer au concierge. Il le lui a déjà signalé lors de leur première rencontre.

Dans l'après-midi, le timbre de la sonnette, rebranchée après l'accalmie, le fait sursauter, alors qu'il travaille à son bureau. Un coup d'œil à la fenêtre lui permet de voir une camionnette Quicky garée devant l'immeuble. Il ne bronche pas et reprend sa lecture d'une analyse financière, trois lignes plus haut. Le deuxième coup de sonnette, plus appuyé, n'entraîne aucune déconcentration, puisqu'il s'y attend. Il poursuit sur un même rythme, jusqu'à ce que le livreur tambourine à la porte. Qu'il aille se faire foutre.

— Un colis, Monsieur !

Il veut recevoir la médaille de l'employé du mois, ce petit con ? Il est payé pour livrer, pas pour défoncer les portes. Il ajoute :

— Ça vient des Presses universitaires de France, ça pèse lourd, et je n'ose pas le laisser devant la porte !

La voisine nibards à l'air et dysorthographique se fait livrer des ouvrages d'un éditeur réputé pour l'intelligence de ses publications scientifiques ? Prune/PUF[1], un paradoxe qui titille sa curiosité. Il abandonne sa lecture, se lève, ouvre la porte, gribouille une signature, laisse le livreur en salopette rouge ridicule déposer dans l'entrée une caisse et referme la porte derrière lui. Pas de pourboire, il ne va pas payer cet abruti à la place de sa voisine. Ses ongles coupés court ne suffisent pas à arracher le papier collant, il faut une paire de ciseaux. *Dictionnaire de la violence*, *La famille désarticulée*, *Psychosociologie du crime passionnel*, *Les pratiques éducatives des familles*... et quelques autres encore. On peut donc s'appeler Prune et lire autre chose que des magazines futiles. Et, en consultant les livres, l'évidence se précise : la sociologie semble la passionner, la garce. Une intello, pourquoi pas ? Ça plaide plutôt en sa faveur. L'écervelée ne l'est peut-être pas vraiment, il faudra qu'il revoie sa panoplie d'injures.

Aujourd'hui, Éric n'a pas envie de rire, même si son papa s'est déguisé en pingouin et sourit beaucoup dans son drôle de costume avec une queue qui pend derrière. Pour

---

1. Presses universitaires de France.

amuser les enfants, avant de partir à la messe, il a mis son chapeau haut de forme quelques instants sur la tête. Après, il l'a tenu à la main avec ses gants et, à l'église, il l'a déposé sur une chaise. Dommage, personne ne s'est assis dessus. Il ne s'en est même pas servi pour se protéger quand Éric l'a canardé de riz à la sortie de la messe.

Il y a plein d'invités partout dans la maison. Les hommes portent des costumes gris ; les dames, des chapeaux et des robes de toutes les couleurs. Sauf Irène, qui est en blanc de la tête aux pieds. En retenant son voile d'une main, devant tout le monde, elle embrasse sur la bouche son papa, qui détourne la tête, mais qui lui met tout de même le bras autour de la taille pour l'emmener chercher un verre. C'est Éric qui a disposé ce matin sur la table les verres fins et allongés, en quinconce, comme Josée le lui a montré. Elle les appelle des flûtes, sans rire. Ça tombe bien, un nom pareil. *Flûte*, Irène se marie avec papa. *Flûte*, elle l'embrasse sur la bouche. *Flûte*, elle va dormir avec lui à la place de sa maman. *Flûte*, elle veut qu'ils l'appellent *maman*. *Flûte*, il a dû mettre un nœud papillon écossais dont l'élastique lui serre le cou. Zut, flûte et reflûte.

— Les enfants, venez dehors ! On va prendre des photos.

Anne va être contente, parce qu'elle se trouve très jolie avec sa nouvelle robe rose. Elle n'arrête pas de tourner sur elle-même pour voir la jupe se soulever, on voit presque sa petite culotte ! Elle n'est pas gênée et rit d'un air bête. Pour être joyeuse aujourd'hui, elle a bu quelques gouttes restées au fond des flûtes, Éric l'a vue. Dans le jardin, devant le lilas en fleurs, un monsieur barbu qu'il ne connaît pas, avec un gros appareil photo autour du cou, donne des ordres, même à son papa. *Mettez votre bras autour de la taille de madame. Rapprochez-vous un peu plus, les tourtereaux ! La jolie demoiselle rose devant son papa, le jeune homme devant madame.* À ce moment où la nouvelle famille idéale s'expose unie aux regards de tous, Irène choisit de se pencher vers ses beaux-enfants et de leur dire d'une voix douce, mais suffisamment forte pour qu'on l'entende : *Vous avez de la chance d'avoir une nouvelle maman.* Et elle leur claque à chacun un gros baiser sonore sur la joue. Éric doit sûrement avoir une marque de rouge à lèvres. Il aura l'air malin sur les photos, il se frotte de la paume. *Un beau sourire, le petit oiseau va sortir !* Irène dépose sa main sur l'épaule d'Éric qui gigote pour se dégager et qui avance d'un pas pour l'éviter. En vain, la main serre plus fort, le ramène en arrière, lui impose l'immobilité. Il grimace, tire la langue, détourne les yeux de l'objectif. Personne ne le regarde, sauf quand il fait des oreilles de lapin à sa sœur avec ses deux doigts en V derrière la tête.

— Éric, arrête ton cirque tout de suite ! Ne gâche pas cette belle journée, tu fais de la peine à Irène, le gronde son papa sans se départir de son sourire figé pour la photo.

La main le serre toujours, une marque rouge va s'imprimer sur sa peau pour des jours. Il tourne lentement la tête pour chasser de sa chemise blanche ces doigts bronzés, comme sales. Il voudrait arracher l'alliance en or brillant qu'on l'a obligé à apporter aux mariés sur un petit coussin. Il a dû s'avancer tout seul, déguisé avec ce nœud papillon horrible, une courte culotte dont le tissu gratte et les cheveux plaqués avec du gel. Son papa et Irène se tenaient debout loin, très loin au bout de l'allée, les gens souriaient en le voyant marcher avec ce stupide coussin en dentelles, ils devaient rire de lui.

Alors, il mord. Il aurait voulu happer toute la main, la déchiqueter, mais il touche seulement deux doigts, sans atteindre l'alliance. La main, sans une goutte de sang, se lève et, d'un mouvement réflexe, lui assène une claque en plein visage.

À cet instant, le photographe pousse sur le bouton.

— Faut surtout pas vous gêner ! Quand je vous ai demandé poliment de réceptionner pour moi un colis, ça ne sous-entendait pas que vous pouviez l'ouvrir.

Sur le pas de la porte, Prune est furieuse. Il est déjà près de vingt heures, et elle rentre seulement maintenant du boulot, les traits fatigués. Éric lit sans peine sur son visage les émotions qui se succèdent. D'abord, un air mutin, le plaisir de sonner chez lui pour une nouvelle fois le déranger. Fière du tour qu'elle lui avait joué : l'obliger à lui rendre service, à se rendre compte qu'être gentil n'avait jamais tué personne. La donneuse de leçons a cherché dans ses yeux la satisfaction du voisin content d'avoir pu se rendre utile. Elle a déchanté, l'hostilité d'Éric lui a sauté à la figure. Ensuite, devant son inertie – il n'allait pas se précipiter pour lui apporter la caisse –, elle s'est inquiétée du sort de son paquet. Il a mis quelques secondes à réagir, l'a laissé mijoter, comme s'il ne comprenait pas sa demande.

— Ah oui, votre paquet.

Il a poussé du bout du pied la caisse éventrée dont les livres dépassent. Il n'avait pas perdu son temps à jouer au puzzle pour imbriquer tous les ouvrages afin de refermer la boîte. S'il doit agir à contre-courant des us et coutumes, il opère ouvertement. Voilà où il place son honnêteté.

— Éric, vous êtes chtarbé ! J'espère au moins que mes bouquins vous ont plu. Ou fait réfléchir.

Allons bon, voilà qu'elle l'appelle par son prénom, maintenant. Bientôt, elle se permettra de le tutoyer. À quand les avances ? La sociologie de la famille ne l'intéresse pas plus que ça, il a d'autres chats à fouetter avec les dernières péripéties économiques. Il referme la porte, sans un sourire.

Une demi-heure plus tard, la voilà qui sonne à nouveau. Une pénible habitude.

— Il manque un livre.

Décidément, cette mijaurée attise la curiosité d'Éric, sinon il ne lui aurait pas ouvert. Quelle émotion va-t-il encore déceler sur son visage ? Son mutisme augmente la colère de la jeune femme.

— J'ai besoin de ce bouquin pour ma thèse, explique-t-elle en s'efforçant de paraître calme. Pourriez-vous, s'il vous plaît, vérifier que vous n'avez pas oublié de le remettre dans la caisse ? *L'enfant, la mère et la question du père*, de Gérard Neyrand.

Éric ne bouge pas, ne s'excuse pas. De quoi devrait-il s'excuser, d'ailleurs ? Il n'y est pour rien si l'expéditeur n'a pas accompli son travail convenablement. Il ne lui dira pas qu'il est désolé, ce serait mentir.

— Je l'ai payé, ce bouquin, il devait être dans la caisse ! Éric, déjà que vous êtes désagréable, vous n'êtes pas obligé en plus d'être malhonnête.

La moralisatrice ne disparaît jamais longtemps. Si ce n'était le temps qu'elle lui coûte, il aurait failli sourire devant son mordant. Il se retourne, lui laissant croire qu'il va encore chercher ce satané ouvrage dont il n'a rien à cirer, puis revient vers elle.

— Voilà trente euros, dit-il en lui lançant deux billets au visage. Allez vous le racheter, votre bouquin, et foutez-moi la paix.

Et il referme la porte.

Quand Éric ouvre les yeux, le contour des meubles commence à se dessiner dans sa chambre et les ballons apparaissent sur la tapisserie. À côté de nounours Philibert, il est bien emmitouflé dans sa couverture en laine verte qui gratte un peu. Il referme les yeux, essaye de se rendormir, de rêver encore.

Des pas dans l'escalier ! Des pas accompagnés du bruit habituel de succion, comme si *elle* avait toujours entre les dents un morceau de nourriture qui restait coincé et qu'elle ne parvenait pas à aspirer. Elle : Irène, sa belle-doche comme l'a appelée son grand cousin Hervé. Elle est en pantoufles, plutôt silencieuse, mais son bruit de bouche suffit à sortir tout de suite Éric de sa somnolence. Il descend vite ses mains le long de son corps pour confirmer ce qu'il craint, cette humidité jusque-là confortable qui se transforme en terreur. Il ne peut attendre qu'elle soulève les draps et qu'elle le baffe. Sans réfléchir, déjà honteux de son audace, il saute en bas du lit, sur la carpette qui assourdit le son. La poignée s'abaisse, il a juste le temps de se cacher derrière la porte et de filer dans le dos de la salope, qui est entrée de quelques pas dans la chambre. L'air frais du corridor transforme la molle tiédeur de son pyjama mouillé en une sensation de froid désagréable et dégradante. Son pantalon et le bas de sa veste en pilou lui collent au corps, soulignant ses cuisses de sauterelle et son *petit oiseau*. Il en est à descendre les premières marches quand elle hurle :

— Petit pisseux ! Viens ici tout de suite !

Sa main droite agrippée à la rampe en chêne, ses pieds nus survolant les degrés, Éric dévale. Chaque léger atterrissage est amorti par le tapis rouge à bordure bleue que son papa a cloué l'été précédent et qui le renvoie plus bas. En d'autres circonstances, une cape sur le dos, il rivaliserait avec Superman. L'arrivée sur le carrelage glacé du rez-de-chaussée coïncide avec un nouveau hurlement :

— Éric, remonte tout de suite, ou tu vas le regretter.

De toute manière, il le regrette depuis son réveil, comme il regrette son sort presque tous les matins. Il voudrait être déjà à l'école, assis parmi les autres dans la classe de mademoiselle Van Oost, et profiter des heures de tranquillité. Malheureusement, la cloche finit toujours par sonner. Les humiliations recommencent à chaque retour d'école.

Il se précipite vers le living, en amorçant un large virage pour contourner l'horrible jarre chinoise qui trône au milieu du hall et au dernier moment, alors qu'il l'a presque dépassée, il tend le bras et elle éclate au sol dans un bruit formidable. Devant lui, Anne bouche le chemin, les yeux écarquillés d'incrédulité. La rosse lui crie :

— Arrête-le ! Stop !

Sa sœur fait un pas de côté, en prenant son air le plus cruche possible, ce qu'elle réussit très bien. En tout cas, elle ne recule pas pour laisser passer la belle-mère, ce qui lui vaut d'être projetée sans ménagement contre le mur trois secondes plus tard. Éric slalome entre les chaises de la salle à manger et essaye de les renverser pour entraver son passage, mais comme elles sont lourdes il parvient à peine à ébranler la première qui vacille un instant avant de retomber sur ses quatre pieds. Il heurte la dernière, violemment, ne sentant pas la chair de son orteil se fendre comme sous un coup de scalpel. Il entre en trombe dans la cuisine, où son père le regarde la bouche pleine, son bol de café à la main. Il ralentit sa course une fraction de seconde, le temps de le zyeuter et de comprendre qu'il n'a aucune défense à espérer de lui, avec sa tête pas très réveillée, immobile dans son pyjama rayé bleu et blanc. Quelques enjambées le séparent toujours de la porte du garage ; il sera sauvé s'il parvient à fermer à temps le verrou qui coulisse à l'intérieur. L'urgence décuple son énergie, il n'a pas le temps de pleurer. Il s'arrache pour franchir les derniers mètres, claque la porte derrière lui et ferme de ses deux mains qui ne tremblent pas le verrou un peu rouillé. Il s'adosse à la porte ; son cœur bat à toute allure dans sa poitrine et dans son gros orteil en sang. Il halète, ses oreilles bourdonnent, de grands frissons secouent tout son corps et ses genoux cèdent sous son maigre poids, alors qu'il entend, en même temps qu'un tour de clé dans la serrure, une voix calme, bien plus terrifiante que les vociférations précédentes :

— Tu veux aller au garage ? Restes-y. Quand je rentrerai ce soir, tu te seras lavé et tu auras lessivé ton pyjama. Tu sais comment ça marche.

L'immonde salope.

Cet après-midi, comme une fois par mois, Éric est sorti de chez lui, le cœur léger et le zob frétillant, pour se rendre chez Irina, la seule à lui offrir une perspective réjouissante hors de son antre. Il a choisi Irina il y a bien longtemps, grâce à une annonce dans un toutes-boîtes. La photo montrait une jeune femme aux longs cheveux ondulés et à la poitrine opulente, dans une pose féline sur son lit. Mais c'est son prénom qui l'avait décidé, sans la moindre hésitation. Irina. La version slave d'Irène la salope. Il allait la tringler sauvagement par devant, par-derrière, toutes les fois qu'il le voudrait et autant de fois qu'il le voudrait. Il la dominerait, lui imposerait ses caprices, la plierait à ses quatre volontés ; elle subirait, basse, consentante, veule et avide.

Finalement, au lit, il n'avait eu besoin pour jouir d'aucune violence ou perversité. Il avait d'abord été charmé par son appartement à la décoration en soieries et plumes digne d'un lupanar du dix-neuvième siècle. Ensuite, en plus de son savoir-faire professionnel, Irina était tendre et gentille, drôle aussi, et cela l'avait touché. Leurs rencontres, hebdomadaires au départ, se sont espacées au fil des ans, mais sont restées indispensables à l'équilibre sanitaire du quinquagénaire, en plus des quelques séances d'astiquage du manche devant les films pornos des chaînes câblées.

— Éric ? Éric ? Réveille-toi. Il est temps que tu y ailles.

Éric sort de sa torpeur, alors qu'Irina lui secoue doucement l'épaule. Il y aura bientôt deux heures qu'il est arrivé chez elle, il doit se rhabiller. Le cœur en paix et les couilles allégées, à l'instar de son portefeuille. Sa putain ne se doute pas de l'ampleur du service qu'elle lui rend. La dernière fois qu'il s'était réveillé auprès d'une femme qu'il avait baisée gratuitement, cela avait tourné au cauchemar. Il préférerait ne pas s'en souvenir, mais, à chaque réveil par Irina, sans exception, la scène vieille de plus de trente ans lui revient en mémoire.

Le souffle régulier de… comment encore ? Claire ? Fabienne ? Françoise ? Peu importe, son souffle régulier sur la joue d'Éric témoigne qu'elle s'est endormie, avec la jambe nue accrochée à la sienne, le drap ne recouvrant plus que le bas du lit. Par la fenêtre que ne cache aucune tenture, la pleine lune éclaire une petite chambre coquette, comme elle peut l'être chez une ado : un gros ours blanc en peluche dans un coin, au centre du mur bleu lavande un pêle-mêle de photos où des copines rient aux éclats et prennent la pose, un bureau recouvert de tas de papiers et de livres, une garde-robe ouverte d'où débordent des pulls et des foulards. Étonnant que cette Claire-Fabienne-Françoise – dix-huit ans tout de même, il a vérifié – possède déjà une telle intuition de ce qui lui plaît au lit. Les cours d'éducation sexuelle à l'école, peut-être ? Il sourit. La vieille peau qui était venue à son époque dans sa classe n'avait pu sortir une phrase complète sans subir de quolibets, et le seul souvenir qu'il en avait gardé se résumait à des capotes que des copains avaient amenées pour les lancer, gonflées, de part et d'autre du local. Cela doit avoir évolué.

Il s'accorde encore cinq minutes, puis il partira. Cinq minutes à caresser tout légèrement pour ne pas la réveiller, sans presque bouger, ce qui est à portée du bout de ses doigts : une cuisse musclée, une fesse où les rayons de lune éclairent des taches de son, quelques-unes des boucles rousses de sa toison. Il ne peut pas s'endormir. Surtout, ne pas s'endormir. C'est trop risqué, trop dangereux. Juste cinq minutes, puis il se lèvera et s'en ira. Il reviendra peut-être, si elle l'accepte, car il a plus reçu d'elle qu'il ne lui a donné. Une telle expertise de mains si jeunes, d'une bouche juvénile, dans laquelle toutes les dents ne sont sans doute pas encore apparues, mais dont la langue démontre une dextérité hallucinante, vraiment, cela l'a étonné... et comblé. Elle a bien crié quelques fois, s'est agitée, a dit « oui ! oui ! » de temps en temps. Il a assuré le minimum syndical envers elle et s'en est contenté, tout au plaisir répété qu'elle lui a offert à profusion et qui l'engourdit maintenant. Il n'a pas ressenti une telle lourdeur de son corps depuis longtemps.

Béatitude. Ses yeux se ferment, son bras se pose dans la cambrure des reins de la jeune femme, sa main goûte le grain fin de la peau, et il s'enfonce dans une quiétude sans pareille.

Ce sont les cris de Claire-Fabienne-Françoise qui le réveillent : c'est pas vrai, il a pissé au lit ! La jeune rousse a pris les traits et la voix de la belle-doche, elle va le frapper, l'extraire du lit à coups de taloche, lui mettre son pyjama sur la tête, l'humilier, l'abaisser plus bas que terre, le réduire en une chose, sa chose, sa toute petite chose qu'elle peut écraser du talon comme elle écrase ses mégots.

Mais non, il y a juste ce cri : *Tu as pissé au lit, c'est pas possible*, qui se mue en phrase énoncée simplement, un étonnement mis en mots, incrédule, ébahi, estomaqué et qui se répète plusieurs fois, comme pour rendre véridique ce qui dépasse l'entendement. Éric n'existe plus, n'est plus. Une mouche vient se poser sur sa bite flasque, il ne la chasse même pas, et elle reprend son vol quand il se lève, sans un regard pour Claire-Fabienne-Françoise ni pour le drap souillé. Il repère des yeux ses vêtements épars au sol tout en respirant par la bouche pour ne pas sentir l'odeur âcre de l'urine. Il s'habille – une seule chaussette, tant pis –, quitte la chambre, traverse le petit vestibule et ferme derrière lui la porte d'entrée. Il va prendre une douche en rentrant, ses cuisses poisseuses collent aux jambes de son pantalon. Il n'aurait pas dû transgresser la règle à laquelle il s'était astreint depuis le début de sa vie sexuelle : une heure ou deux tarifées, puis basta.

Irina est entrée dans sa vie le mois suivant.

Seule une faible ampoule éclaire le garage en son centre, là où trône habituellement la Simca. Le cadre de la grande porte basculante laisse à peine passer un soupçon de jour gris et terne. Son papa est parti au travail, Éric est enfermé depuis ce matin. La lessiveuse a fini de tourner et, en se hissant sur la pointe des pieds en haut de l'escabelle, il a déposé sa veste de pyjama et son pantalon sur la corde tendue sans parvenir à les attacher avec des pinces à linge, il est encore trop petit. Pour les draps de lit qu'Anne lui a apportés avant d'aller à l'école, il a longuement réfléchi : il risquait de les traîner à terre vu leurs dimensions. Mais son stratagème a presque fonctionné : il les a laissés dans la corbeille placée sous le fil et n'en a pris qu'un coin, qu'il a hissé petit à petit pour finalement le jeter par-dessus la corde et tirer dessus. La corbeille a tout de même versé, et un drap s'est un peu sali, sur quelques centimètres. De toute manière, ce sont ses draps et il fera son lit lui-même, comme toujours.

Tout nu, il a froid. Il sait que vouloir sécher sa veste en soufflant dessus est stupide, mais il a essayé. Son haleine chaude ne reste emprisonnée qu'un tout petit instant dans le tissu, qui redevient froid et mouillé quasi tout de suite. Alors, il saute sur place, le plus haut possible, juste pour se réchauffer, le gros orteil recroquevillé pour éviter d'avoir mal. Ça l'ennuie vite. Il se tend de tout son long pour toucher l'ampoule de la main. Il sent presque sa chaleur irradier jusqu'à ses doigts. Un saut : hop ! Raté. Il réessaye en prenant de l'élan : et un pas, et deux, et trois, hop ! L'ampoule tangue, projetant partout des ombres qui bougent. L'étagère avec les outils de papa se balance, les râteaux et les pelles un peu plus loin, la brosse de rue dans le coin, le traîneau accroché au mur, le vélo d'Anne, le sac avec les vieilles loques, tout valse lentement en une danse qui donne le tournis. C'est magique, alors il s'esclaffe, il éclate de rire. Il prend un balai et il l'enfourche, il court, il tourne, il galope dans la lumière mouvante qui, peu à peu, ralentit son mouvement. Il crie à tue-tête *belle-doche salope*, parce que la maison est vide, que personne ne peut l'entendre, qu'il a froid et que cela réchauffe de hurler. La lumière ralentit, puis s'immobilise. Éric se tait, reprend de l'élan, et un pas, et deux, et trois, hop ! il touche l'ampoule qui, dans un grésillement infime, s'éteint. Non ! Il fait à nouveau sombre et froid. Il cherche à tâtons l'interrupteur, l'actionne à plusieurs reprises, clic-clac : rien n'y fait.

Il grelotte, il n'a plus la force de courir ou de sauter pour se réchauffer. Son orteil blessé lui fait mal. Il rêve d'allumer un feu. *Trois Esquimaux autour d'un brasero écoutaient l'un d'eux qui, sur son banjo, rythmait le mortel ennui du pays du soleil de minuit. Y a pas de soleil, en Alaska, woudji woudji woudji awawa* ! Quand ils chantent cet air en classe, mademoiselle Van Oost dit toujours que ça réchauffe le cœur, mais elle se trompe. Ni son cœur, ni ses mains, ni ses pieds, ni son nez, ni son zizi, rien ne se réchauffe. Dans la lumière dansante, il a vu le sac de vieilles loques pendu à un clou. Il le retrouve après plusieurs minutes de recherche aveugle. Les tissus sont pour la plupart petits, déchirés, plus ou moins raides de cambouis, sentent l'huile, la cire ou d'autres produits qu'il ne connaît pas. Dans le fond du sac en plastique, il devine une loque plus grande qu'il tourne et retourne en tous sens pour en imaginer la forme. Il finit par mettre à plat sur le sol une robe avec deux longues manches qu'il étire de part et d'autre.

Il claque des dents, il a de plus en plus froid. Surmontant son dégoût, il enfile le vêtement roide qui sent comme la table de la salle à manger. Il pleure. Il a reconnu, le nez dessus, les grosses fleurs d'une robe déchirée de la salope. Petit pisseux, oui. Habillé en femmelette, en plus.

Puisque les bougies se vendent par lot de vingt, Éric en a acheté soixante. Il ne réutilise jamais les mêmes bougies d'un anniversaire à l'autre. Il mérite le meilleur, le plus beau, le plus cher. Rien au rabais, rien en soldes. Il a subi une belle-mère de seconde main et l'enfance de merde qui en a découlé ; comme môme, il a assez morflé pour toute sa vie. La pâtisserie a livré ce matin un moka pour quatre personnes, juste assez grand pour pouvoir y disposer quarante-huit bougies. Il devra passer au « *six personnes* », l'an prochain. Dans la cuisine, penché sur la table, il dispose les fines bougies bleues en colimaçon serré, depuis le centre. Le geste doit être ferme et délicat, pour qu'elles tiennent debout sans massacrer les volutes de crème moka dessinées par l'artisan.

— Joyeux anniversaire, Éric !

Le léger coup de sonnette a annoncé sa sœur, comme toujours, mais il sursaute tout de même.

— Je t'ai apporté des émincés de poulet au coco et curry, je sais que tu aimes ça, et un cadeau aussi. Je n'ai pas le temps de rester, désolée. Mon petit frère fête ses cinquante-six ans, ça ne nous rajeunit pas ! Il y a tellement de bougies qu'on ne voit plus le gâteau.

Anne s'arrête un instant. Elle n'a jamais été aussi volubile, sa sœur. Et pourquoi se tire-t-elle si vite ? D'habitude, elle ne peut se retenir de papillonner autour de lui, bêtement, pour finir la vaisselle qui traîne dans l'évier, pour nettoyer d'un coup d'éponge le micro-ondes, pour ranger en un tas parfait les journaux abandonnés sur la table basse. Sa voix, trop aiguë, l'irrite, alors elle vaque en silence, sans beaucoup de commentaires.

— Bisous, bye bye, à lundi.

Pourquoi aujourd'hui ces bavardages et cet empressement ? Ses lèvres n'ont même pas effleuré sa joue, dans son simulacre de baiser. Non pas qu'il y tienne, à ces bisouilles de bonne femme... Elle est déjà repartie, en claquant plus fort que de coutume la porte derrière elle et sans attendre sa réaction quand il déballera le cadeau. Il ne va pas s'en plaindre. À la salle à manger, il mange le poulet en mastiquant lentement, à la recherche de ce qui manquerait dans l'assaisonnement. Pour une fois, c'est correct, mais la quantité de riz est presque insuffisante. Heureusement, le gâteau comblera le creux qui lui reste à l'estomac. Il allume ses quarante-huit bougies à la cuisine, il en manque huit pour que le compte équivaille à son âge officiel. Quiconque constaterait ce hiatus conclurait à une coquetterie masculine déplacée. Il aurait tout faux : Éric a commencé sa vie à la mort de la belle-doche. Avant, il n'existait pas. Trois femmes, trois lâcheuses : sa mère, la belle-doche, tante Catherine. À huit ans, il n'attendait plus rien ni personne.

Il cherche sur le disque dur du décodeur un extrait précis, qu'il enclenche. Devant son gâteau enflammé sur la table basse du salon, il regarde Marilyn Monroe apparaître sur l'écran, diaphane dans sa robe cousue à même la peau, étincelante, pulpeuse. Elle porte les deux mains en visière au-dessus de ses yeux pour scruter la foule, pour le voir, lui, installé devant ses bougies à l'attendre. Quand la caméra zoome, effaçant le public, la pute du président chante pour lui, pour lui seul, un *Happy birthday to you* langoureux, avec le bout de la langue qui sort à chaque *th* et une pose aguichante. Quand elle termine, il souffle en un coup ses quarante-huit bougies.

Après un demi-gâteau, son estomac ne peut plus rien ingurgiter, même après qu'il a roté. Il avise le cadeau laissé par Anne à côté de la pile de journaux : un livre certainement, vu sa forme. Il déchire le papier d'emballage et le titre s'affiche, jaune sur fond noir, en gros sur la couverture en carton souple : *La gentillesse pour les nuls*. Tiens, pour une fois, Anne a marqué un point en maniant le second degré ! Mais, comme toujours, elle n'a pas eu le courage d'affronter sa réaction. La couarde s'est taillée.

À la claire fontaine, m'en allant promener... Tais-toi, sale gosse, tu chantes faux. Aux toilettes, si Éric ne braille pas à tue-tête, on lui fout la paix. Alors, entre ses dents, il chantonne : et un pour la belle-doche, et un pour la salope. Assis sur la cuvette, il plie consciencieusement le papier pour s'essuyer les fesses. Le premier feuillet est pour la belle-doche, le deuxième pour la salope. Il ne l'appelle que comme ça, alors il recommence chaque fois les mêmes mots : belle-doche, salope, belle-doche, salope, belle-doche, salope...

À force de répéter, de plus en plus vite, parfois sa langue fourche : quelle cloche culotte, binoche[2] la crotte ou encore belle floche totoche. À chaque nouvelle trouvaille, même involontaire, il se bidonne. Mais ce qui l'amuse le plus, c'est de s'essuyer la merde du cul avec la belle-doche et la sa-

---

2. Binoche : en français de Belgique, nom familier donné aux toilettes.

lope. Il jette la belle-doche et la salope au binoche, regarde la merde fondre sur la belle-doche et la salope et, à la fin, il pisse sur la belle-doche et la salope pour qu'elles descendent encore plus vite au fond, là où la brosse à cabinet rate souvent son coup et où il reste des traces dégueulasses. Même s'il ne lui reste que deux gouttes de pipi, cela suffit : une pour la belle-doche, une pour la salope ! Ensuite, il tire la chasse, pas trop vite pour mieux voir la belle-doche et la salope se noyer et disparaître à tout jamais.

Après, il va à la cuisine, ne se lave pas les mains parce qu'il veut encore y sentir l'odeur de caca essuyé par la belle-doche et la salope et il mange des fruits, pour retourner le plus vite possible chanter dans les toilettes.

Le rédac-chef va pester. Il ne reste plus qu'une demi-heure à Éric avant l'envoi de son billet économique, et seules deux lignes sont écrites en haut de son écran. Il doit se concentrer sur la chute du Dow Jones et en analyser finement les causes. Évaluer les conséquences sur la bourse de Bruxelles. Mettre en garde à nouveau, encore et toujours, contre les réactions spontanées qui entraînent des décisions délétères. Raisonner l'investisseur.

Il essaye lui-même de se raisonner, de calmer son émoi. Ce matin, tante Catherine a eu l'audace de reprendre contact, sans prévenir. Comment ose-t-elle ? Près de cinquante ans plus tard, il n'a pas reconnu sa voix. Leurs seuls contacts s'opèrent par le truchement du syndic, et jamais le moindre différend n'est survenu au sujet de quoi que ce soit. À chaque problème rencontré par Éric dans son appartement, la gestion locative s'en charge directement et tante Catherine assume tous les frais. Elle doit être pétée de thunes.

— Éric, c'est tante Catherine à l'appareil.

Elle chevrote. Elle se présente, non pas par ses prénom et nom de famille, mais comme il l'a toujours appelée, encore maintenant quand il laisse ses pensées remonter les années. Il pourrait laisser tomber le *tante* quand il pense à elle, il n'est plus un gamin qu'on aime et puis qu'on jette. Pourquoi n'a-t-il pas raccroché directement quand il a compris à qui appartenait cette voix ?

— Écoute-moi, s'il te plaît. Je suis une vieille femme, maintenant. Je suis très malade.

Il s'en bat les couilles. Elle s'arrête, cherche son souffle, puis elle fonce, tout de suite dans le vif du sujet, sans tergiverser.

— Je me doute que tu m'en veux, que tu n'as jamais compris mon départ pour Hong Kong. J'étais jeune, carriériste. Rien ne pouvait m'arrêter dans ma volonté de réussir. J'ai parlé avec ton père avant de repartir, on a eu une grosse discussion, j'étais sûre qu'il avait compris, qu'il réagirait. Mais Irène l'a toujours mené par le bout du nez. C'était une femme méchante, tu sais. Sournoise et vraiment méchante.

Elle croit le lui apprendre ? Summum de l'hypocrisie. *J'ai laissé un môme de huit ans aux griffes d'un monstre sans plus m'en préoccuper, mais tu dois me pardonner.* La vieillesse n'absout pas les péchés et n'exclut pas la connerie. Elle continue son lamento :

— Anne m'a expliqué il y a peu l'enfer qu'elle t'a infligé. J'ai sous-estimé ta belle-mère. Laisse-moi te voir. Pour t'expliquer. Pour te serrer dans mes bras. Tu...

Là, il a raccroché. Elle se fout de qui, la foldingue ? Si elle essaye de le faire chialer, elle se goure fameusement.

Son cœur est sec comme celui d'un trader jouant sur le cours du blé sans se soucier des populations affamées. Il ignorait qu'Anne avait repris contact avec tante Catherine. Pourquoi ? Certainement pas de sa propre initiative, elle en est incapable. Sur les conseils de leur père, avec lequel elle se complaît à encore partager leur maison d'enfance ? Souvent, les vieux reconstruisent leur vie après coup, en l'idéalisant.

Concentration et efficacité. Il ne lui reste plus que vingt-cinq minutes pour écrire son article.

Éric joue au jardin. Sa belle-doche est partie faire les courses, il en profite pour shooter en visant entre les deux sapins. Le bruit régulier du ballon qui rebondit sur le mur l'énerve toujours, et ce n'est jamais bon pour lui quand elle est énervée.

— Bonjour, Éric.

Comme un ange, elle est blanche ; comme un ange, elle a une voix douce, céleste. À côté de l'appentis, elle s'est arrêtée et le regarde. Depuis combien de temps l'observe-t-elle ? Il court récupérer son ballon.

— J'arrête tout de suite, je vais faire moins de bruit.

— Tu ne viens pas me dire bonjour ?

Il ne bouge pas. Au-dessus de sa jupe blanche qui frôle le sol, elle porte un chemisier blanc resserré par une ceinture blanche et, sur ses cheveux blonds courts, est noué un bandeau blanc dont un des pans retombe sur la poitrine. Toute la douceur du monde est contenue dans la musique de ces quelques mots : « Tu ne viens pas me dire bonjour ? ». La gentillesse d'un ange venu du ciel pour le sauver. Sa poitrine se gonfle, et il ose la regarder dans les yeux. À la place du sempiternel et glaçant *Baisse les yeux, sale gamin*, il entend une phrase magique qu'il n'a jamais imaginée, même au plus profond de son chagrin.

— Je suis Catherine, la sœur de ta maman.

Maman. Le plus beau mot, prononcé tout doucement, caresse qui lui donne la chair de poule et lui fait monter les larmes aux yeux. Il aimerait qu'elle le lui redise, une fois, deux fois, mille fois. Maman, maman, maman, maman. Mot interdit dans cette maison. L'ange le lui offre, ce mot, naturellement. Maman. Il cligne des yeux, les larmes coulent sur ses joues.

— Viens là, mon grand.

Elle s'accroupit et ouvre les bras très grands. Il s'avance, laisse rouler la balle à ses pieds et s'arrête à deux pas d'elle.

— N'aie pas peur, je ne vais pas te manger.

Un ange, ça ne mange pas, mais est-ce que ça sent ? Le pisseux va la dégoûter. Il ne bouge toujours pas, ne renifle pas de peur de rompre le charme, et son nez coule clair des larmes déversées par ses yeux. Elle se redresse et, en s'avançant, le décolle lentement du sol pour le serrer dans ses bras. Il est surpris de cet élan. Une main se pose dans sa nuque et lui cale la tête au creux de son cou. Son parfum l'entoure d'un nuage de sent-bon qui efface toutes ses puanteurs nocturnes. Enivré, perdu dans les plis de ce cou qu'il humidifie de ses larmes sans que cela ne semble la déranger, noyé de bien-être, il se laisse emporter au paradis.

— Tu ressembles tant à ta maman, lui murmure-t-elle, en resserrant encore son étreinte et en entamant un tour sur elle-même.

Il lève les deux bras qu'il a laissés timidement pendre le long de son corps et il les met dans le dos de l'ange, à la recherche de deux ailes qu'il ne trouve pas. Il les noue derrière le cou en serrant fort, très fort.

Éric a enfin terminé de traiter son courrier, il va pouvoir se consacrer à son éditorial. Presque tous les matins, il doit répondre à de multiples sollicitations. Même s'il refuse systématiquement depuis des années toutes les demandes de conférences aux quatre coins du monde, il se trouve toujours une université ou un organisme pour lui proposer un voyage tous frais payés et aux émoluments clintoniens ou blairiens (les deux sont enviables) afin qu'il les éclaire de ses lumières d'économiste inspiré et intransigeant. Son calcul répond à une loi économique de base : tout ce qui est rare est cher. Il n'apparaît jamais en public, travaille sous un pseudonyme et maîtrise une expertise jusqu'à présent infaillible. Dès lors, ses livres se vendent comme des petits pains, traduits en plus de trente langues, chacune de ses interviews écrites, à distance, se monnaye à prix d'or, le tout lui garantit une rente très confortable à laquelle vient s'ajouter son salaire de journaliste. Sans sortir de chez lui, sans s'ennuyer dans les aéroports, sans déprimer dans les chambres d'hôtel, sans affronter des auditeurs serviles et idiots. Étant donné son train de vie raisonnable et le loyer ridicule qu'il paye grâce à la mauvaise conscience de tante Catherine, Éric est riche et peut tester en bourse à une échelle de plus en plus grande ses conseils aux investisseurs.

Il se lève, le dos en compote, en effectuant mollement de ses bras quelques moulinets en avant et en arrière. Il devrait sortir, marcher un peu, à défaut de sport. Et changer de bureau. Celui du grand-père Paul le rattache à sa mère de manière symbolique – il n'est pas dupe –, mais il est trop bas et vraiment pas très pratique. Il ne peut y travailler sans souffrir des épaules et des lombaires, malgré le coussin spécial sur la chaise et celui calé au creux des reins.

Des bruits de voix dehors l'intriguent. Anne n'est pas encore rentrée à la niche, chez son vieux chnoque paternel chéri ? De dos, sur le trottoir, elle discute, sa tête bouge, ses bras s'agitent, tout en cachant son interlocuteur. Éric va dans la cuisine et se penche pour voir la scène sous un autre angle. Anne parle à Prune ! Depuis une demi-heure au moins qu'Anne l'a quitté, les deux bécasses pérorent et doivent y prendre du plaisir, à entendre les éclats de rire qui lui parviennent. Que peuvent-elles se raconter ? Il les observe de longues minutes. Au fil de la conversation, la teneur des propos change peu à peu. Les deux femmes ont légèrement bougé, il les voit maintenant chacune de profil. Des mines graves ont succédé aux visages réjouis. Les lèvres bougent moins, le bruit de la conversation s'étiole. Anne plonge la main dans son sac à main, en sort un mouchoir, se frotte les yeux. Prune se rapproche d'elle, lui entoure les épaules d'un bras et, de l'autre, lui frotte le dos dans un geste de réconfort. Putain de merde, la voisine manœuvre pour lui nuire par un autre biais ? Ses coups de sonnette ne lui ont pas permis d'intrusion dans sa vie, alors elle s'en prend à sa sœur ? Que lui veut cette greluche ? Elle plonge elle aussi la main dans sa poche, puis dans son sac, secoue la tête dans un signe de négation, avant qu'Anne ne lui tende un paquet de mouchoirs en papier. Les voilà toutes deux en train de tchouler sur le trottoir.

Il bouge le rideau pour mieux voir, voudrait ouvrir la fenêtre afin de les entendre. Le regard de Prune se fige dans sa direction : elle l'a aperçu. La conversation s'arrête net. Anne se retourne pour voir ce qu'elle regarde, se penche pour embrasser Prune et, se ravisant, la salue d'un simple signe de la main. Tête baissée, elle se met en route pour retrouver sa voiture garée un peu plus loin.

L'eau froide du lavabo de la chambre pousse Éric à se dépêcher, la température est basse en ce petit matin d'hiver. Le gant de toilette passe rapidement avec du savon sur tout son corps, en insistant sur les cuisses et le zizi, puis un second passage pour le rinçage. La salle de bains et sa chaleur se trouvent à côté de la chambre de son père et de la salope : trop risqué.

Il est occupé à défaire son lit quand Anne s'introduit en chemise de nuit dans sa chambre, sans bruit. Il n'a pas mouillé son oreiller cette fois-ci, heureusement. C'est plus difficile quand il doit en changer la taie, parce que la mousse se décompose complètement et qu'il faut utiliser la balayette pour ramasser tous les flocons répandus à terre.

— Tu as entendu ? lui chuchote Anne.

Non, rien du tout. Il a pourtant tendu l'oreille par peur que la salope ne débarque chez lui, mais il n'est pas encore sorti de sa chambre.

— Il y a quelqu'un dans la chambre de papa.

Même quand ils sont seuls, Anne ne dit jamais *la salope*, ou *la belle-doche*, ou un autre mot qu'elle aurait préféré. Elle ne dit pas, tout simplement. Elle a toujours peur de devoir se laver les dents au savon de Marseille, comme lui, quand il est revenu à la maison avec une punition de mademoiselle Van Oost : pour une comptine, la classe cherchait un mot qui rimait avec *antilope,* il avait répondu *salope.* La bonne réponse, c'était *cyclope.*

— C'est une voix que je ne connais pas, une voix d'homme. Il parle, et papa répond parfois. Seulement quelques mots.

C'est vraiment bizarre. Il n'y a jamais personne qui vient à la maison, la salope n'aime pas ça. *On est tellement bien entre nous,* répond-elle à papa ou à Anne avec son sourire de faux-cul quand ils pensent inviter quelqu'un. Elle a peur qu'ils devinent qui elle est vraiment. Alors, un inconnu dans la maison à six heures du matin, jamais ils n'ont vécu ça.

Éric ouvre la porte de sa chambre. Il arrête de respirer et, au début, il n'entend rien, que le silence et le bruit du chauffage. Ensuite, une voix d'homme, très grave, étouffée par la porte. Papa lui répond, avec sa voix un peu moins grave. Et le silence, encore. Aucun signe de la salope, elle est peut-être cachée quelque part. Le plus important pour lui est d'aller mettre ses affaires à lessiver avant qu'elle le surprenne. Il n'allume pas la lumière pour descendre l'escalier à pieds nus. Ses chaussures font trop de bruit. Il ne doit pas laisser traîner les draps, il pourrait se prendre les pieds dedans, et ne pas laisser tomber sa veste ou son pantalon de pyjama. Sa technique est bonne, il a eu l'occasion de la roder de nombreuses fois. Il passe au-dessus de la quatrième marche, celle qui grince, et continue sa route. La lune lui permet d'éviter tous les obstacles du hall – la jarre chinoise a disparu –, de la salle à manger et de la cuisine. Mais, dans le garage, il fait trop noir. Il allume la lumière. Tiens, il y a déjà un tas de draps à côté de la machine à laver ; hier, il n'a pourtant rien oublié. La salope lui reproche souvent qu'avec ses lessives quasi quotidiennes, la machine n'est jamais pleine et qu'à cause de lui, ils doivent payer beaucoup plus d'électricité, qu'il ne se rend pas compte, que la vie est chère, que si tout le monde suivait son exemple, ils n'en sortiraient pas, qu'il pourrait tout de même faire un effort, et patati et patata. Il dose la poudre à lessiver, vérifie la température et le programme, fourre ses draps et son pyjama dans le tambour, puis se penche pour y mettre aussi les draps déposés à côté. Il suspend son geste. Une énorme tache au milieu des draps. Brun noir à certains endroits, rouge à d'autres. Pas d'erreur possible : du sang, beaucoup de sang, des litres de sang.

Éric laisse tout en plan, il s'encourt, il veut retourner dans sa chambre, se cacher, il a peur. En sortant de la salle à manger, il s'arrête net. Sur le pas de la porte d'entrée, son papa de dos serre la main à un monsieur inconnu, il le remercie d'un ton fatigué. Vite, Éric remonte les escaliers, sans éviter la quatrième marche, et il se précipite dans sa chambre. Papa ne l'a pas vu. Il referme sa porte, Anne est encore là.

Il lui faut quelques minutes pour parler. Pour oublier sa peur et trouver un sens à ce qu'il a vu. Ils sont tous les deux dans son lit qu'Anne a refait pendant son absence. Il chuchote à son oreille :

— Je crois que papa et le monsieur ont tué la salope.

Il lui explique, de plus en plus léger. Anne ne dit rien, il fait noir sous la couverture. Mais aux mouvements légers du matelas, il devine qu'elle se détend. Il la sent sourire. Alors, ensemble, leur haleine se mêlant, ils imaginent comment leur vie va se transformer. Leur papa va s'occuper d'eux. Il sourira souvent, rira quand ils raconteront la blague de l'éléphant qui veut rentrer dans une deux-chevaux. S'il veut se remarier, ils choisiront pour lui une femme gentille, douce, qui aimera leur lire un bel album et les border avant la nuit. Comme mademoiselle Van Oost. Et si elle ne cuisine pas bien, elle pourra toujours apprendre. Ils n'auront plus peur. À table, ils auront le droit de parler. Ils pourront adopter un chien. Éric mettra des pantalons en hiver et il ira souvent à la piscine, il n'aura plus de bleus à cacher. Il pourra utiliser de l'adoucissant. Anne n'aura plus jamais de tresses. Éric ira chez le coiffeur, et on ne lui rasera plus les cheveux à la maison avec une tondeuse. Ils iront au zoo d'Anvers, à la mer du Nord, même en vacances en France. Éric rêve de la Bretagne. Si un jour il est malade, il ne sera pas obligé de se lever pour aller à l'école. Il n'y aura plus de clé au garage. Ils pourront boire de la grenadine à tous les repas, manger de la glace autant qu'ils voudront, mettre du beurre sur leurs tartines, comme les adultes. Ils inviteront plein d'amis, organiseront des grandes fêtes avec des tonnes de bonbons. Ce sera le paradis tous les jours.

— Anne, tu es là ? Mais ça pue dans cette chambre, il faut aérer. Qu'est-ce que vous fichez, tous les deux ? Sortez de là. Anne, je te cherche partout. Va t'occuper du petit-déjeuner. Irène est malade, elle ne se lèvera pas aujourd'hui. Le médecin le lui interdit. Vous irez l'embrasser avant de partir à l'école. Anne, je compte sur toi pour que tout se passe bien, je n'ai pas le temps de m'occuper de tout ça.

Leur papa est déjà loin quand ils partent à pied pour le dernier jour d'école du trimestre. Anne et Éric ne sont pas entrés dans la chambre pour embrasser leur belle-doche, mais ils ont ouvert un peu la porte, juste assez pour entendre dans le noir si elle respirait encore.

Elle n'est même pas morte.

Et elle va se rendre compte qu'Éric a oublié de lancer la lessive.

Après une longue douche bien chaude, Éric s'est rasé soigneusement et a étalé sur le bas de son visage une crème hydratante légèrement parfumée. Il a pris un pyjama sur le haut de la pile. Chaque soir, il en étrenne un propre et repassé, même s'il ne se souille que sporadiquement – c'est un luxe dont il ne se lasse pas –, mais ce soir, il râle. Comment sa sœur a-t-elle eu l'outrecuidance de s'immiscer jusque dans son rituel du coucher en changeant l'adoucissant, et donc le parfum qui embaume chacun de ces instants ? Ses rares initiatives révèlent toujours un manque de jugeote pitoyable. Il enfile une manche de pyjama, puis l'autre, avant de fermer chaque bouton en commençant par celui du bas. Il met la jambe gauche du pyjama avant la droite, comme toujours. La nécessité d'une discussion sérieuse avec Anne s'impose. C'est lui qui décide où se trouvent le milieu du village et son église, et il n'est pas question que cette couillonne s'octroie des libertés auxquelles elle n'a pas droit.

Il ouvre le lit bordé bien serré et s'y glisse avant d'éteindre la lampe de chevet. Les volets doublés de tentures ne permettent pas à la lumière de la lune de pénétrer dans son sanctuaire. Lui seul y règne en maître, dans l'obscurité la plus totale. Avant de fermer les yeux, il oublie d'encore pester sur sa sœur. Le bouquet des draps de lit lui rappelle... il ne saurait dire. Mais la tête lui tourne. C'était comme si. Ou alors. Peut-être quand. Dans les replis oubliés de son enfance. Oui.

Sa joue est posée contre une poitrine, pas très replète, mais accueillante. Des bras nus légèrement hâlés l'entourent et le maintiennent, avec une douceur ferme. Il doit être dehors, en été sous une tonnelle. La chaleur est agréable et la lumière du soleil forme des taches tremblantes. Son pouce en bouche, il lève la tête pour chercher des yeux le regard de celle qui le tient, mais il n'aperçoit que le galbe des seins. Le tissu de la robe ou du chemisier fleuri, un peu épais, forme des plis qui marquent sa joue. Un inconfort tellement confortable. Une voix caresse ses oreilles, un petit chant, de ceux qu'il ne trouvera plus jamais niais, égrène ses notes. *Do do, l'enfant do, l'enfant dormira bien vite.* Ce souvenir remonte de loin, de tellement loin qu'il le croyait perdu. Il comprenait *l'enfant d'eau* et se voyait voguer sur les flots pour toujours, bercé à l'infini par ces bras aimants et tendres. Ils partaient en voyage à deux par-delà les forêts et les océans, sur le dos d'une cigogne ou d'un dauphin, dans des cieux d'azur et des mers émeraude. Rien ne pouvait les atteindre, ils flottaient dans une bulle plus légère que le savon, plus solide que l'acier, plus transparente que l'air. Ils étaient à deux et découvraient les merveilles du monde, des glaces du Groenland où couraient des ours polaires doux comme des peluches aux jungles de Sumatra où les singes passaient d'arbre en arbre dans des éclats de rire contagieux. Ils étaient à deux et communiaient, simplement, l'un dans l'autre, imbriqués, soudés, attachés, inséparables. Ils étaient bien, heureux, et personne ne pourrait jamais arrêter cela.

Maman ! Éric pleure dans son lit d'adulte, comme un gamin, le pouce en bouche. Il se retourne sur le ventre et enfouit son nez dans l'oreiller, pour mieux sentir encore ce parfum, celui de sa mère, celui qu'il sentait agrippé à son sein, celui des jours heureux. Il sanglote, il a honte, il est furieux. Il s'arrache des draps du lit, les prend et va les fourrer dans la machine à laver. Dans le dessous de la pile, les draps plus anciens ont encore été lavés avec l'autre adoucissant, avant ce caprice d'Anne qu'elle va regretter.

Éric a pris l'habitude d'observer la femme de ménage chaque midi, caché derrière la porte. Depuis le début des vacances, comme la salope reste dans sa chambre, Josée vient tous les jours s'occuper de la maison. Elle est petite, assez grosse, avec toujours le même tablier rose et de vieilles slaches. Mais surtout, elle a un truc magique qui le fascine : elle sait enlever ses dents. Pas une à une, mais presque toutes à la fois, plantées dans un morceau de sa gencive du dessus et du dessous. Avec sa main, comme une pince, elle les enlève et les dépose à côté de son assiette à soupe, sur la table de la cuisine, avant de s'essuyer les mains à son tablier. Au début, Éric était tellement épastrouillé qu'il oubliait de regarder précisément où il fallait mettre ses doigts pour réussir. Depuis deux jours, il se concentre pour mieux voir et ensuite il essaye *le truc* dans sa bouche, mais ça ne marche pas. Il ne trouve pas la jointure. Pour replacer les dents, ça semble facile, il suffit de les mettre en bouche, et c'est tout. Sa soupe terminée, Josée repousse directement sa chaise, se lève en même temps et se dirige vers le hall.

— Les enfants, c'est l'heure de dîner !

Voilà cinq jours que la salope reste dans sa chambre et n'en descend plus. Cinq jours que Josée ne leur prépare que des repas qu'ils aiment bien, parce qu'elle leur demande la veille quel menu leur plairait pour le lendemain. Cinq jours où elle s'occupe de la lessive, avec de l'adoucissant, lave même la chambre d'Éric dont l'accès lui est pourtant interdit. Cinq jours sans peur au ventre, sans cri, sans coup, sans honte. Elle devrait saigner plus souvent, la belle-doche.

Même si leur papa n'est pas là, Anne et Éric mangent côte à côte à la salle à manger, qui paraît bien grande pour eux deux. Sa sœur a disposé dans une chaise haute à côté d'elle le poupon qu'elle a reçu à son anniversaire. Elle s'amuse à donner la becquée, en lui parlant de manière gaga, et Josée la presse souvent un peu, avec le sourire, parce qu'elle traîne trop pour manger. Parfois, Anne explique qu'elle doit *laiter*, et elle maintient le bébé devant son néné en soulevant sa blouse.

Mais ce midi, Josée, qui chante avec la radio le nouveau succès d'Adamo *Laisse tes mains sur mes hanches, ne prends pas cet air furibond*, n'a pas entendu sa maîtresse sortir de sa chambre et descendre l'escalier pour la première fois depuis longtemps. Quand, enfin, elle l'entend dans le hall, elle se précipite pour vite disposer une assiette, des couverts, un verre et une serviette supplémentaires à la place habituelle de la salope, qui est de nouveau là, assise en face d'eux, le teint pâle. On dirait qu'elle a maigri. Elle esquisse un léger sourire en les voyant, puis regarde le bébé d'Anne assis en bout de table. Son expression change tout de suite, ses lèvres commencent à trembler et des larmes apparaissent dans ses yeux, prêtes à déborder. Josée, qui se penche pour lui servir la soupe, suit son regard et, sans un mot, emporte à la cuisine le poupon sur sa chaise haute.

Éric voudrait trouver où elle a caché la fausse couche qu'elle a fabriquée. Josée en parlait à voix basse avec sa copine au téléphone et, quand elle l'a vu, elle a tout de suite changé de sujet de conversation. La belle-doche la porte-t-elle sur elle, cette fausse couche mystérieuse ? Si elle se rend compte qu'Éric l'inspecte, elle va s'énerver, il la regarde donc sans lever le nez de son assiette. Et tout le sang qu'il a vu sur les draps dans le garage, par où est-il sorti ? Aucune blessure visible, pas de cicatrice ni de sparadrap. Elle a peut-être saigné par le nez, ou les oreilles. Ou par les yeux, comme dans les films d'horreur que lui raconte parfois son cousin Hervé. Ou par le nombril. Ou même par le pet ou la zézette, on ne sait jamais.

— Bonjour, les enfants. Je suis contente de vous voir, murmure-t-elle d'une toute petite voix.

Anne et Éric ne répondent pas à ce mensonge. Josée sert en silence, encore un peu essoufflée de son affairement. La petite aiguille de la pendule sur la cheminée décompte les secondes, voilée régulièrement par le bruit des couverts et des bouches qui mastiquent. Même quand il avale, Éric a l'impression que la nourriture qui tombe dans son ventre résonne dans toute la pièce. Sans attendre le dessert, la salope se lève et quitte la pièce.

— Je suis exténuée, je retourne dans mon lit. Soyez sages avec Josée.

Ils l'entendent renifler avant de remonter lentement l'escalier vers l'étage. La dernière fois qu'Éric a reniflé, il a reçu une baffe.

— Josée, pourquoi elle a les yeux rouges ? C'est possible qu'elle pleure ? demande Anne en plongeant une cigarette en biscuit dans son pudding au chocolat, avant de se lever pour aller rechercher son bébé qui adore les desserts.

— Ce sont des histoires de grandes personnes, vous ne pourriez pas comprendre, marmonne Josée, qui s'arrête avant de continuer : madame Irène est malheureuse.

C'est une maladie, être malheureux ? Alors, Éric devrait passer sa vie au lit. La méchanceté aide peut-être à guérir, il devrait essayer. Josée continue :

— Tâchez d'être gentils, le Seigneur lui a envoyé une épreuve et...

Quand elle voit le regard que lui lance Éric, elle s'arrête net. Elle n'est pas allée longtemps à l'école, Josée, mais elle n'est pas bête.

Plus rien ne s'écoule : savonné de la tête aux pieds, Éric a dû interrompre sa douche parce que le bac collecteur allait déborder. Quand il a tiré la chasse, l'eau est montée jusqu'à ras bord de la cuvette, et ses étrons flottent toujours au milieu du papier w.-c., comme le Titanic au milieu des icebergs avant le naufrage. Il se rince au gant de toilette devant le lavabo où il a encore droit à quelques centimètres d'eau avant l'inondation. Pas de lavage des dents ce dimanche. Matin de merde.

— DRDébouchage, grésille l'interphone. Il y a un problème avec vos égouts, on doit vous parler.

Une odeur putride envahit l'appartement quand Éric ouvre la porte à un homme en combinaison dont la couleur caca d'oie laisse entrevoir sans imagination la spécialisation de celui qui la porte.

— Z'avez remarqué que vos égouts sont bouchés, je suppose, poursuit l'homme casquetté, un mégot éteint au coin de la bouche. On en a au moins pour la journée. C'est à cause des racines, elles ont cassé le tuyau d'évacuation. L'était pas récent, celui-là, encore en terre cuite. Puis, on a trouvé des tampons hygiéniques, ça aide pas, naturellement. On a beau leur expliquer, aux bonnes femmes, c'est partout la même chose. Mais ici, c'est le pompon ! Jamais vu un tel embouteillage.

— Tout l'immeuble est concerné ? râle Éric, qui est sorti en fermant sa porte derrière lui pour empêcher l'odeur fétide de pénétrer dans l'appartement.

— Non, non, juste les deux appartements du rez. Vous et votre voisine, qui nous a appelés. Ceux du dessus ont une autre évacuation, on vérifiera avec une caméra si elle est en bon état. Ça va vous coûter bonbon, un dimanche.

Ça pue partout, maintenant. Les miasmes se sont immiscés dans toutes les pièces. Éric est obligé de respirer par la bouche pour ne pas vomir. Il veut ouvrir une fenêtre sur l'extérieur, mais c'est encore pire. Les ouvriers qui travaillent dehors ont enlevé la taque rouillée de la chambre de visite et l'ont déposée à côté de la porte d'entrée. Ils sont occupés à creuser une tranchée perpendiculaire à l'immeuble, vers la rue, le long d'un gros tuyau de grès orange. Éric laisse tomber quelques gouttes d'eau de Cologne sur un mouchoir en tissu qu'il place devant ses narines. La centrale de taxis va avoir du mal à comprendre son adresse quand il leur parlera, la bouche et le nez obstrués.

Dans la voiture arrivée quelques minutes à peine après son appel, il inspecte ses souliers salis, en espérant que ce ne soit que de la boue, et non de la merde. Il n'a pas pu éviter des magmas suspects en passant à côté de la petite tractopelle.

— Roulez, chauffeur, je vous dirai où aller.

Obligé de fuir à cause de l'inconséquence de cette Prune de malheur ! Pour aller où ? À la rédaction du journal ne servirait à rien, pas de bureau réservé pour lui qui est incapable de travailler dans le bruit. Chez Irina ? Trop tôt, il risque de tomber sur un autre client. Éric n'a aucune solution de repli. Pas d'amis. Sans portable, il ne peut appeler nulle part. Il a l'impression que la pestilence le poursuit, que ses vêtements en sont imprégnés, que l'habitacle pue. Il entrouvre la fenêtre et, le nez collé en haut de la vitre, les yeux fermés, il hume l'air hivernal. De longues minutes plus tard, il regarde où le taxi le promène.

— Chauffeur, stop !

Un fritkot. Des siècles qu'il ne s'est plus sali les doigts de blanc de bœuf et de mayonnaise. Comme un con, il se retrouve assis sur un banc dans le froid, ses gants en cuir déposés à côté de lui. Les frites sont bonnes, la sauce andalouse aussi. Quand il était à l'université, il allait souvent manger *une frite* place Jourdan, même en pleine nuit, quand il n'en pouvait plus d'étudier. Il n'habitait pas très loin, dans un kot que son père avait loué pour lui des années durant, sans rechigner. Il a les mains grasses, maintenant, et la serviette en papier ne suffit pas à les nettoyer correctement. Il ouvre la porte du taxi avec deux doigts, avant de les essuyer sur le tissu du siège, quand il est sûr que le chauffeur ne peut pas le voir dans son rétroviseur.

— En avant ! Où vous voulez.

À travers les vitres, Éric reconnaît des rues de son quartier d'enfance où le taxi le mène. Des lustres qu'il ne s'y est plus rendu. Avenue du Réservoir. Place des Martyrs. L'école de la rue Blanche a laissé la place à un supermarché. Avenue Baron de Biroin. Des voitures garées partout, là où, à l'époque, seules quelques-unes étaient rangées le long des trottoirs. Les rues en paraissent plus étroites.

— Prenez à gauche ! Puis la deuxième à droite.

La tentation est trop forte pour qu'il y résiste. Près de quarante ans qu'il n'est pas retourné dans la rue de son enfance. Après la mort de la salope, Josée s'est occupée d'eux un an, avant de déménager pour aller vivre auprès de sa fille. Se sont alors succédé une kyrielle de femmes pas nécessairement méchantes, mais toutes trop peu présentes. Il importait que la maison fût propre et que les repas fussent préparés ; que les enfants soient aimés, leur père ne s'en est jamais soucié. Il avait certainement été soulagé de le voir quitter la maison à dix-huit ans ; tellement soulagé qu'il n'avait plus vraiment cherché à le voir. De molles invitations, aux fêtes, sans insistance devant ses refus. D'après Anne, le paternel s'était pourtant déplacé pour sa remise de diplôme ; pas Éric, déjà embauché ce jour-là. Rencontre avortée, donc. À son premier salaire, le fils avait retourné sans un mot la somme que le père lui allouait par virement automatique. Fin des relations.

Le taxi s'engage dans sa rue. Les cerisiers du Japon ont poussé. De malingres, ils sont devenus majestueux, ils couronnent l'asphalte de leurs branches nues par-dessus les trottoirs.

— Ralentissez. Garez-vous devant le numéro 18.

Le taxi s'arrête devant la maison des Dubois. La numérotation a changé.

— Merde ! Plus loin ! Je vais vous indiquer.

Pas de place pour se parquer devant sa maison. Il est obligé de se dévisser la tête pour observer ce qu'elle est devenue. C'est une très grosse villa paquebot qui date des années 30, divisée en deux habitations de taille plus que confortable. Un soubassement en briques jaunes surmonté de murs en crépi blanc, un toit de tuiles rouges dont une des cheminées fume. Un jardinet devant et sur le côté, où une haie de buis taillée bas a remplacé le vieux ligustrum. Contrairement à ce qu'il avait imaginé, le tout dans un état impeccable.

Il se penche pour signifier au chauffeur qu'il peut se remettre en route quand la porte d'entrée latérale s'ouvre.

— Attendez ! Encore quelques instants.

Un homme sort à reculons de la maison, très lentement, penché en avant. Quelques pas encore : il tire une chaise roulante dans laquelle se tient, racrapoté, un vieillard aux rares cheveux blancs. Éric ne reconnaît pas celui qui tire la chaise jusque sur le trottoir, même lorsqu'il effectue un demi-tour pour se diriger vers la Peugeot garée devant le garage de la maison. Anne le suit, le sourire aux lèvres. Même de loin, il peut voir qu'elle s'est maquillée tant son rouge à lèvres se détache sur son teint pâle. Elle parle, volubile, s'arrête quand elle éclate de rire et se penche vers celui qui ne peut être que leur père. Elle resserre l'écharpe mauve et blanc autour du cou décharné du vieil homme, enfile un bonnet mauve sur le crâne quasi chauve en veillant à bien couvrir les oreilles et l'embrasse sur les deux joues. Puis elle se tourne vers l'autre homme et l'embrasse à la commissure des lèvres, une jambe repliée dans un geste amoureux dont Éric ne la croyait pas capable. Elle essuie d'un geste tendre du pouce la marque laissée par son rouge à lèvres et sort de son sac une autre écharpe mauve et blanc pour la ceindre autour du cou de l'inconnu.

Putain de merde ! C'est quoi, ce cirque ?

— Cadeau : je t'emmène ce soir au Parc Astrid.

Éric n'est pas très content : aller à un parc avec son papa, ce n'est pas vraiment le chiot ou le chaton dont il rêvait. Il lui aurait trouvé un nom amusant, pas nunuche. Il s'en serait occupé, aurait joué avec lui, l'aurait nourri, soigné, cajolé. Mais pour une fois que son papa lui promet quelque chose après un beau bulletin, il essaye de ne pas râler. Après les tickets d'entrée qui ne serviront à rien – son papa s'est fait avoir, on peut entrer dans un parc sans payer –, il reçoit un autre paquet, plus gros et un peu mou. Une longue écharpe mauve et blanc, plutôt moche, avec écrit dessus *RSC Anderlecht*. Ça veut dire *Royal Sporting Club Anderlecht*. Oui, pour du vrai : *Royal*. Il va assister à un match de foot où le roi joue ! Éric croyait que le roi travaillait tout le temps avec des militaires et des ministres toujours très sérieux et que, le soir, il emmenait la reine à des bals. Apparemment, il s'est trompé. Ou alors, le roi Baudouin sera l'arbitre ?

— C'est le quart de finale de la Coupe d'Europe des clubs champions, contre le Real de Madrid, ajoute son papa avec un grand sourire. C'est notre première sortie entre hommes, on va bien s'amuser.

Éric n'y connaît rien au football. À l'école, c'est interdit de jouer avec un ballon dans la cour de récréation. À la maison, les soirs où il y a un match retransmis à la télévision, il est trop tard, et direction son lit ! Il peut voir uniquement les résumés du dimanche avant le souper, avec des goals à la queue leu leu. Il s'amuse alors à repérer l'arbitre tout noir parmi les joueurs gris, mais son papa n'est pas content quand il suit du doigt sur l'écran le petit bonhomme au sifflet.

Anderlecht, ouais, ouais, ouais ! Aaaaanderlecht ! Au stade, Éric se sent tout petit dans la foule des supporters, avec plein de couleurs, de bruits et d'odeurs. Ici, les voix qui l'entourent de partout le noient, l'engloutissent sur place. En même temps, elles l'entraînent dans des refrains puissants et virils. Il voudrait parfois baisser le volume comme à la télévision, surtout quand son papa hurle :

— Arbitre, salaud, le peuple aura ta peau ! Arbitre, salaud, le peuple aura ta peau !

D'abord, son papa dit des gros mots. Ensuite, il parle avec des inconnus, comme s'ils étaient de vieux amis. Les deux sont interdits.

— Le système de défense est nul. On va se prendre un goal ! Heureusement qu'on peut compter sur Cornélis.

Éric ne comprend pas les commentaires et commence à s'ennuyer. Depuis le début de la soirée, il n'y a pas encore eu de goal, et l'arbitre en noir se reconnaît sans difficulté parmi les joueurs blancs du Real de Madrid et les mauves d'Anderlecht. Ils sont tous beaucoup plus petits en vrai que sur l'écran, et il ne parvient pas à voir lequel ressemble au portrait de Baudouin sur le mur de sa classe ou sur les billets de vingt francs. Beaucoup de supporters autour de lui fument ; il n'aime pas cette odeur à laquelle s'ajoute celle de la bière. À chaque fois que les joueurs d'Anderlecht se rapprochent du but, tout le monde se lève en agitant les bras, et il ne voit plus rien du tout. Ils se rasseyent alors, déçus, et quand les Espagnols repartent dans l'autre sens, ils crient *Offside* !, l'air outré. Incompréhensible.

— Je vais chercher à boire. Tu ne bouges pas, je reviens tout de suite, lui crie son papa à l'oreille.

Éric met ses deux mains sous ses cuisses et il ne bouge pas. Il est mal à l'aise, entouré de plein d'hommes qu'il ne connaît pas, qui sentent la bière et la cigarette. Mais il rigole quand son voisin rote bruyamment, sans s'excuser. On voit qu'il n'a pas une belle-doche pour le gronder.

— J'ai pris un Fanta pour toi, avec une paille, et une bière pour moi.

Il fait déjà tout noir en dehors de la lumière des gros projecteurs et, après huit heures, Éric ne doit plus rien avaler. Plus une goutte. Déjà, pendant le souper, il doit limiter l'eau. Comment son papa peut-il l'oublier ?

— Woaaah ! Goal ! Goal !

Tout le monde s'est levé, tout le monde a crié, Éric n'a rien vu, si ce n'est les dos des hommes assis devant. Son papa se penche vers lui pour demander *Tu as vu* ? Sans attendre la réponse, il se retourne vers le terrain, son écharpe tendue au-dessus de sa tête, et chante à tue-tête *Aaaanderlecht, Aaaanderlecht* ! Il a vraiment l'air excité. Une douche froide le calmerait, même si c'est très désagréable d'avoir le souffle coupé par l'eau glaciale et les vêtements qui collent à la peau et qui sont ensuite difficiles à enlever.

Quand le match se termine enfin, Éric bâille ; il a bu seulement deux gorgées de son Fanta. Il n'a pas pu résister tellement il en avait envie. Mais s'il fait pipi au lit cette nuit, peut-être que deux gorgées ne vont pas changer grand-chose...

— Tu n'as pas fini ton Fanta ? Dépêche-toi, on s'en va.

Quelques minutes plus tard, alors que les gradins se vident, son papa se fâche :

— Je t'ai dit de terminer. Tu vas m'obéir, oui ? J'essaye de te faire plaisir, et c'est comme ça que tu me remercies ?

Ils sortent du stade, Éric serre fort la main de son papa pour ne pas se perdre, et ils rejoignent la Simca. Son papa pisse contre un mur avant de reprendre le volant pour rentrer à la maison. Éric l'attend assis sur la banquette arrière, en serrant les cuisses : il ne sait pas faire pipi debout, il n'est pas encore un homme. À la maison, il doit s'asseoir pour ne pas salir les toilettes.

— C'est qui, cet homme qui était hier avec toi à la maison ?

À la maison. Voilà des dizaines d'années qu'il n'y a plus mis les pieds, dans cette maison, et il n'est pas foutu de l'appeler autrement que comme cela. Anne s'arrête, interdite, à la porte de son bureau. Éric se morigène : il n'aurait pas dû l'attaquer frontalement, sans attendre. Un manque de stratégie évident, qui va la bloquer. Sa sœur, en effet, ne bouge pas. Puis elle s'avance, doucement comme à l'accoutumée, avant de se pencher pour l'embrasser.

— Quel homme ? De qui parles-tu ?

Il va être obligé de lui expliquer son escapade de la veille, comme un gamin pris en faute. Mais elle continue :

— C'est quoi, toute cette boue dehors, cette tranchée mal refermée ?

Elle change de sujet de conversation, la garce, de nouveau mal fagotée, le teint blême, sans aucun maquillage. Parfum suret. Le stéréotype de la vieille fille dans toute sa splendeur. Elle se déguise ainsi pour venir le voir ? Peut-être était-ce hier l'exception.

— J'ai mis tes repas dans le frigo, et le linge est rangé dans ton armoire.

Cela va de soi, pourquoi le préciser ? Toujours parler pour ne rien dire et éluder l'essentiel, les questions qu'il lui pose.

— Au fait, tante Catherine a repris contact avec papa, après toutes ces années ! Elle est rentrée en Europe pour se rapprocher de sa fille, elle est elle aussi très malade, si j'ai bien compris. On ne savait même pas qu'on avait une cousine germaine, qui habite en Belgique qui plus est.

Nouvelle tentative de diversion. Tante Catherine, il n'en a rien à cirer.

— C'est spécialement pour moi que tu te fais moche tous les lundis ?

Bordel, mais tais-toi, Éric. Tu t'enfonces ! Maîtrise-toi ! T'es jaloux ou quoi ? Anne lui tourne le dos, toujours sans lui répondre. Elle s'en va, il doit l'arrêter.

— Et la voisine ? Qu'avez-vous pu vous raconter pendant une demi-heure sur le trottoir ? Ça jacasse, ça papote, ça caquette, et puis, soi-disant, ça doit toujours courir par manque de temps !

Anne le regarde, les larmes aux yeux. Elle essaye d'affermir sa voix sans vraiment y parvenir :

— Si tu veux savoir, Prune cherche à savoir pourquoi tu es si odieux.

— Que lui as-tu répondu ?

Anne détourne le regard. Il insiste, du tac au tac :

— Que lui as-tu répondu ?

Il hurle :

— Que lui as-tu répondu ?

Ces bonnes femmes l'ont psychanalysé sur le trottoir ? Elles l'ont décortiqué, dénudé en quelques phrases ? Elles se sont complu à ausculter ses attitudes pour y poser un diagnostic à deux balles ? Anne s'en va, elle s'affaire avec ses sacs dans le hall d'entrée. Éric la rejoint, après avoir sauvé sur son ordinateur sa chronique du jour.

— Que lui as-tu dit sur moi, Anne ? lui demande-t-il sur un ton grave. J'espère que tu ne lui as rien raconté que tu aurais à regretter. Il y a des choses qui doivent rester entre nous, tu le sais.

Anne se tourne vers lui et, avant qu'il puisse réagir, elle l'entoure de ses deux bras puis, d'une main ferme, elle attire la tête d'Éric sur son épaule et lui murmure à l'oreille :

— Tu n'as rien à craindre, Éric, rien à craindre. N'aie pas peur, je te protégerai toujours.

Le temps est suspendu, juste quelques instants. La grande sœur console le petit frère. Ensuite, le regard au sol, comme gênée de son audace, elle enfile le manteau informe qu'il lui voit toutes les semaines et une écharpe bordeaux qui bouloche. Elle s'arrête, la main sur la poignée de la porte :

— L'homme que tu as vu hier s'appelle Jean-Marc. Et oui, je m'apprête pour lui, car il aime ça. Alors que, chaque lundi, après toutes les courses que j'ai faites pour toi, sans compter les heures que j'ai passées à cuisiner tes repas pour une semaine entière, je ne me mets pas sur mon trente-et-un. Ensuite, ce que j'ai dit à Prune ne regarde que moi.

Alors qu'elle est en train de refermer la porte derrière elle, elle lance :

— Tu as lu le livre que je t'ai offert pour ton anniversaire ? Ou tu l'as déjà revendu sur eBay ?

Jamais cela n'est arrivé à Éric : aucun souvenir d'un adulte qui frappe à la porte de sa chambre et qui attend l'autorisation pour entrer, aucun souvenir d'un adulte qui le borde au lit un soir. Tante Catherine est venue lui dire bonsoir et il se blottit dans ses bras, enfonce son nez dans les plis de la robe pour se remplir les narines de son parfum. Autre chose que l'odeur âcre de pipi à laquelle il ne s'habitue pas. Ils lisent *La chèvre de monsieur Seguin*.

— Elle est morte, la chèvre, comme maman ?

— Oui, parce qu'elle n'a pas été sage, elle a désobéi.

— Maman a pas été sage ? Qu'est-ce qu'elle a fait ?

— Non, non, c'est la chèvre qui n'a pas été sage. Ta maman, ça n'a rien à voir. Elle était malade, très malade.

— Pourquoi ?

— On ne sait pas, personne ne sait, Éric. C'est injuste, mais on n'y peut rien.

— Elle est où, maintenant ? Dans le ciel, comme le hamster d'Anne ?

— Peut-être. Ou dans ton cœur et dans le cœur de tous ceux qui pensent à elle.

— Mais comment elle peut être dans plusieurs cœurs en même temps ? C'est comme Saint-Nicolas ?

— C'est une image, Éric. Elle est là où tu penses qu'elle est bien.

Il n'a presque aucun souvenir de sa mère, il ne sait pas ce qu'elle aimait. Lui, il se sent bien dans sa cachette, en dessous de la branche basse du sapin dans le jardin, derrière l'abri. Là, personne ne le voit, il peut rêver en paix. Il y a enterré une souris que le chat du voisin a un soir déposée à ses pieds, de même que le poussin teint en rose qu'il a reçu à la fancy-fair et qui est mort après un jour seulement. Il n'a pas été fichu de s'en occuper convenablement, lui a dit la belle-doche, alors pour s'excuser auprès de celui qu'il a brièvement appelé Pioupiou, il l'a enterré dans une belle boîte en fer garnie d'un mouchoir piqué à son papa.

— Et le cimetière ? Anne m'a dit que maman était enterrée au cimetière.

— Oui, elle est là, au cimetière d'Etterbeek. Si tu veux, je t'y emmènerai et on déposera des fleurs sur sa tombe.

— Mais ça sert à rien, les fleurs, elle pourra pas les voir. Elle est couchée dans une boîte.

— On appelle ça un cercueil. Et les fleurs, c'est une manière de penser à elle.

— Comment elle peut savoir qu'on pense à elle, si elle est morte ?

Un silence s'installe. Tante Catherine l'embrasse sur le sommet du crâne. Elle va partir, alors vite, il pose une autre question.

— Elle a encore de la chair autour des os ?

Pas de réponse.

— Les vers l'ont déjà toute mangée ?

— Je ne sais pas, Éric, je préfère penser à elle quand elle était vivante. Elle était jolie, ta maman. Tu tiens d'elle tes beaux yeux noisette.

Elle lui prend le menton dans le creux de la main pour lui souffler ce qui ressemble à un compliment, même si des yeux en forme de noisette, Éric n'est pas très convaincu que ce soit joli. À quoi ressemblait-elle, sa maman ? Aucune photo dans la maison, ni aux murs ni dans les armoires, ne peut l'aider à mettre un visage sur ces deux syllabes.

— Je ne me souviens pas d'elle, murmure-t-il tout bas, honteux de son oubli.

Il expliquerait bien à tante Catherine qui est Mamounette, mais il a peur qu'elle ne se moque de lui.

— Tu pourrais demander à ton papa, il doit avoir des photos. Ils s'aimaient tous les deux, tu sais. Très fort. Ils étaient fous de joie quand vous êtes nés, Anne et toi.

— Papa m'en parle jamais. Il se fâche même quand je lui pose des questions, alors j'ose plus.

— Ton papa est malheureux et il ne sait pas comment réagir. C'est difficile pour lui aussi.

Donc, son père n'est pas heureux avec la salope. Cette nouvelle lui fait confusément plaisir, même si mademoiselle Van Oost dit que ce n'est pas bien de se réjouir du malheur des autres.

— À l'école, mademoiselle Van Oost a expliqué que Jésus ressuscitait chaque année. Ça veut dire qu'il est de nouveau vivant.

— C'est ce que les chrétiens pensent, oui.

— Tous les soirs, j'appelle maman dans mon lit. Même si elle est pas Jésus, tu crois qu'elle voudra bien ressusciter pour moi ? Que je la voie en vrai une fois, au moins une fois ?

Il doit attendre plusieurs secondes avant que tante Catherine ne réponde :

— Je ne crois pas…

Je ne crois pas, ça ne veut pas dire non. Pâques arrive bientôt.

Elle le serre fort dans ses bras, puis, en silence, ferme la porte avant de passer dans la chambre d'Anne.

— Tu essayes tout le temps de passer pour un sans-cœur, mais je sais qu'il n'en est rien. Tu vas le regretter, si tu ne viens pas.

Le téléphone a sonné tôt ce matin, longuement, tirant Éric du lit. Il déteste sentir plaqué sur lui son pyjama mouillé qui souligne par des plis disgracieux les rondeurs de son corps. Les jambes écartées et le ventre rentré pour diminuer un peu le contact avec l'étoffe humide, il respire par la bouche et écoute les jérémiades d'Anne, qui ne le contacte jamais en dehors de ses visites hebdomadaires du lundi. Sa voix est inquiète ; qu'à cela ne tienne, il ne changera pas d'avis.

— Il est hors de question que je sorte encore de chez moi, si ce n'est pour arroser Irina de foutre et de flouze.

Anne se tait, comme toujours quand il sort des grossièretés que ses chastes oreilles ne peuvent entendre. Ensuite, elle reprend, comme si ces instants blancs avaient dissous les relents nauséabonds des paroles de son frère.

— Je ne plaisante pas, Éric. Quand on a commencé les soins palliatifs, tu n'as pas voulu bouger, soit. Mais maintenant, papa est vraiment à bout. Le curé est passé hier pour le sacrement des malades.

Comment son père peut-il encore croire à ces bondieuseries à plus de quatre-vingts ans ? Quoique... si l'extrême onction lui permet un aller direct au ciel, sans étape, c'est un deal valable.

— Bon débarras.

— Éric, tu parles de notre père !

Il se dirige vers la buanderie le combiné dans une main ; de l'autre, il enlève péniblement son pantalon de pyjama mouillé pour le mettre dans la lessiveuse. Il détache sa bite collée à sa cuisse et se gratte les couilles.

— Arrête de jouer à la sainte nitouche, par pitié. Personne n'est dupe, surtout pas moi.

— Après toutes ces années, il serait temps de pardonner, tu ne crois pas ? Papa est maintenant un vieillard, tu as bientôt soixante ans, tourne la page. Tu ne lui as jamais laissé sa chance.

Éric ne répond pas. Lui laisser sa chance ? Elle rigole ? Parce que le pater, il lui a laissé une chance quand Éric était môme ? Il s'est battu pour lui quand il en avait besoin, comme tout père digne de ce nom ? Non, môôôsieur a détourné les yeux, il a feint de ne rien voir. Môôôsieur n'a même pas levé le petit doigt. Môôôsieur n'a pas voulu contrarier sa putain de femme et il a craché sur la mémoire de leur mère. Même après, quand il a été veuf pour la deuxième fois, il ne s'est pas occupé d'eux. Qu'Anne aille se faire foutre, il ne jouera pas à l'enfant prodigue.

Sa sœur ne peut s'empêcher d'insister, naturellement. À une exception notoire, il faut toujours qu'elle endosse le rôle de la fille modèle. Elle n'a pas dépassé le stade du catéchisme : un exemple de charité chrétienne.

— Depuis des années, il est un père aimant pour moi.

Voilà qu'elle sort les violons. En couper les cordes, tout de suite, pour éviter les envolées lyriques débiles.

— Parce que tu es sa bonniche ! Et que tu n'es pas moi.

Il sait ce qu'elle pense, mais qu'elle n'ose lui dire. Elle en a marre qu'il joue au Calimero immature. Elle aussi, elle a souffert de la situation. Elle s'est toujours sentie responsable d'avoir été épargnée, alors que les coups s'abattaient sur lui, sans doute à cause de sa ressemblance avec leur mère, celle dont la salope était encore jalouse des années après sa mort parce qu'elle avait cru pouvoir gagner l'amour de son mari et qu'elle en crevait de constater son échec. Éric devrait l'avoir compris depuis le temps, et pourtant il tire sans vergogne sur la corde de sa culpabilité.

Elle se tait.

— Ce n'est pas une raison pour lui donner la becquée et lui torcher le cul. À moins que, pour l'héritage... Mais je te laisse volontiers son argent, je m'en tape. Mes revenus volent largement au-dessus de mes besoins.

— Depuis mes vingt ans, il m'a donné des tonnes d'amour, Éric.

Revoilà les violons.

— Mais arrête donc ton prêchi-prêcha ! On n'est pas à la messe.

Elle va lui resservir la soupe de la dépression après un deuil. Leur père aurait été comme anesthésié par la douleur après la mort de leur mère. Irène lui aurait mis le grappin dessus, il aurait cru naïvement que ce serait une bonne solution pour ses enfants. Ensuite, sa mort l'a stupéfié, il n'a pas su comment réagir. Voilà comment on réinvente l'histoire.

— Anne, je ne viendrai pas. Je ne veux pas lui offrir ce dernier plaisir. Pour utiliser ton vocabulaire, qu'il croupisse en enfer ne peut que me réjouir.

Et il raccroche rapidement, pour éviter d'entendre son cri offusqué ou ses pleurs, les deux options ne s'excluant pas.

Il peut enfin procéder à sa toilette avant de refaire son lit, mais il prend d'abord la peine d'aller mettre un CD dans le lecteur. Il choisit le *Requiem* de Fauré, son préféré, tout indiqué après le coup de fil d'Anne. Le seul héritage identifié des goûts de sa mère : il a conservé le trente-trois tours vinyle sur lequel, dans le coin en haut à gauche, une jeune main avait écrit au stylo bleu *Isabelle Brabant*, et qui est trop griffé pour pouvoir être encore écouté. Il a dû se résoudre à acheter un CD, dont l'interprétation n'est malheureusement pas la même que celle de la version maternelle. En se rasant, il songe à elle, jeune femme qui écoutait cette magnifique œuvre macabre. Tout être naïf aurait pu y voir un signe prémonitoire, lui s'efforce juste de goûter au mieux la beauté de cette musique à laquelle il trouve des consonances de joie jamais décelées auparavant.

Éric a fini ses devoirs et observe les mésanges, caché sous les branches basses du sapin dans le fond du jardin. À portée de main, un bol rempli de Nicnac et une gourde d'eau, pour tenir longtemps sans se montrer. Pfuitt ! La mésange arrive à toute allure avec quelques brins d'herbe sèche dans le bec. Son papa aurait dû fixer en hauteur le nichoir qu'Éric a construit à l'école, mais il l'a juste déposé sur l'appui de fenêtre de l'appentis. L'oiseau ralentit avant de s'y engouffrer sans heurter les bords, puis repart quelques instants plus tard.

Éric avait voulu décorer l'intérieur de la maisonnette, mais mademoiselle Van Oost a refusé. Ce n'est pas nécessaire, les oiseaux n'ont pas besoin de ça. Puis, ça prendrait trop de temps. Dommage, il aurait aimé dessiner un joli papier peint. Chez les humains, on trouve des papiers peints avec des fleurs, des oiseaux, des nounours. Il avait déjà réfléchi à ce qu'aimeraient les mésanges : des chats en cage et des champs de blé. Il avait aussi voulu leur créer une salle de bains, avec de l'eau pour boire et se laver. Mademoiselle a beaucoup ri quand il lui en a parlé, mais elle a répété : « On n'a pas le temps ». Elle lui a expliqué comment offrir de l'eau dans un baquet aux oiseaux – surtout pas d'antigel en hiver ! – et à quelle saison leur donner des graines. Ç'aurait pourtant été marrant, le papier peint et la salle de bains. Les mésanges discutent aussi pour la décoration de leur nid ? Éric les imagine déjà : « Arrête de rapporter du foin, ça me gratouille les fesses ! Va voir près du vieux pommier, je pense qu'il y a de la mousse. »

Tante Catherine lui a raconté que sa maman s'est occupée de la décoration de sa chambre quand ses parents ont acheté la maison, à sa naissance. Elle a peint les murs en jaune, et puis elle a collé une frise de nounours avec des ballons rayés rouge et blanc. C'est aussi elle qui a choisi le lustre, en forme d'avion.

La réserve de Nicnac est vide. Éric va se réapprovisionner en douce à la cuisine : il ne veut pas effrayer les mésanges et la belle-doche ne doit pas le surprendre en train de piocher dans la réserve. De retour, il s'amuse avec les lettres de biscuit, avant de les manger. Il écrit d'abord *Isabelle,* le petit nom de sa maman. Sur sa langue, il laisse fondre une à une chaque lettre sucrée, c'est délicieux. Il voudrait écrire *Éric* et *Jean,* comme son papa. Mais il doit choisir entre les deux, il n'a plus qu'un *e,* alors c'est son propre prénom qu'il mange. C'est déjà un peu moins bon qu'*Isabelle.* Pour *belle-doche,* il manque plein de lettres, ça tombe bien, il n'a aucune envie de l'avaler, elle lui boufferait l'intérieur. Ses fesses sont encore douloureuses des coups qu'il a reçus la veille, quand elle a vu Mamounette.

— C'est quoi, ce gribouillis dans le coin, à la tête de ton lit ? Tu sais qu'il est interdit de dessiner sur les murs. Sale gamin !

Son dessin est pourtant chouette. La frise des nounours se décolle un peu, alors, un soir où il ne parvenait pas à s'endormir, avec son doigt, il en avait arraché un petit, un tout petit morceau, pour que ça ne se voie pas trop. C'était amusant : en s'enlevant, le papier avait écaillé la peinture jaune, et on découvrait une tache. On pouvait y voir un visage, avec une bouche, un nez et... un seul œil. Éric lui avait dessiné un deuxième œil, c'était plus joli. Puis il avait ajouté deux bras, deux jambes et une robe. Elle n'est pas aussi réussie que les nounours de la frise, mais elle écoute mieux. Elle se trouve juste en face de la bouche d'Éric qui ne doit pas relever la tête pour lui parler tout bas. Personne d'autre ne peut l'entendre. C'est vite devenu une habitude ; chaque soir, il raconte sa journée à Mamounette, même s'il sait qu'en vrai, elle ne répondra pas, mais au moins il voit ses deux yeux, son nez, sa bouche. Sa maman, il ne se souvient plus de son visage. Juste de son odeur.

Le lendemain, le nichoir est à terre. La face avant, qui n'était fixée qu'à un coin pour laisser la possibilité de vider chaque année l'intérieur, a pivoté et laisse voir le nid avec des morceaux de coquilles d'œufs. Deux oisillons rosâtres, aux plumes mouillées, ont été éjectés dans l'herbe. Ils sont morts, ils ne bougent plus. La salope a encore frappé. Éric était pourtant persuadé qu'elle ne l'avait pas vu se glisser à son poste d'observation, qu'elle ne connaissait pas son secret. Il inspecte le sol sous les branches du sapin, mais bizarrement il ne trouve aucun signe de son passage. Heureusement, sa gourde est rangée à sa place, dans un tiroir de la cuisine, parce qu'il en a besoin pour les repas de midi à l'école, et elle n'a pas trouvé, caché dans une fourche assez haute, le bol qu'il utilise pour les Nicnac.

Son papa aurait dû fixer le nichoir en hauteur, dans un arbre. Au dos, Éric avait déjà foré un trou avec un vilebrequin pour que ce soit facile, qu'il n'ait presque rien à faire. Mademoiselle Van Oost avait expliqué que c'était important pour mettre les mésanges à l'abri des prédateurs, comme les chats ou les belettes. Elle n'avait pas mis en garde contre la belle-doche, elle ne la connaît pas assez.

Encore heureux qu'Éric ne se soit pas déplacé au chevet de son père, qui ne cesse de survivre, parce que, putain, il déteste vraiment ça, sortir de chez lui. *A fortiori* pour la deuxième fois en deux semaines, après le feuilleton des égouts bouchés. Il déteste encore plus perdre son temps devant un guichet pour un motif futile : changer une carte d'identité dont la photo reste tout à fait ressemblante. Il a bien essayé qu'Anne accomplisse les démarches à sa place, elle s'y serait prêtée, heureuse de lui rendre service, mais l'administration a refusé. Pour narguer l'imbécillité de ces règlements à la con, il a refilé une photo binette d'il y a une douzaine d'années, quand sa chevelure arborait encore un brun foncé. Le préposé le lui a reproché, en cherchant sur le cliché un cheveu gris, mais Éric s'est insurgé : les femmes ont le droit de se teindre les cheveux chaque mois d'une couleur différente sans qu'on les oblige à renouveler leur carte d'identité, pourquoi n'en serait-il pas de même pour la gent masculine ? Il a confessé benoîtement au crétin ébahi en face de lui qu'il avait traîné pour son dernier rendez-vous chez le coiffeur, mais que, dès la semaine prochaine, il rajeunirait d'une décade grâce au châtain qu'il choisirait. Ou peut-être le blond foncé, il hésitait. L'homme derrière l'hygiaphone a tiqué au mot *décade*, a hésité à demander un éclaircissement, il avait le mot sur le bout des lèvres, s'est ravisé pour obtempérer, sans prêter plus d'attention aux ridules qui sillonnaient de-ci de-là le visage de son interlocuteur. Une petite victoire pour Éric qui lui a donc fourgué une ancienne photo, mais qui a tout de même dû banquer vingt euros pour une démarche inutile. Une peccadille qui le fout en pétard.

Autant dire qu'il est d'une humeur massacrante quand il rentre chez lui et là, patatras, il découvre une morveuse sur le pas de la porte de l'emmerdeuse. La gamine est assise, recroquevillée sur elle-même, les bras autour des genoux laissés découverts par une jupe remontée jusqu'à la culotte. Des bruits de reniflement ne laissent aucun doute : elle pleure. Éric détourne les yeux, cherche sa clé et rentre chez lui, en ouvrant un minimum la porte pour qu'aucun regard ne viole son domaine. C'est une invasion de femelles, ces derniers temps. Prune qui s'est installée dans l'appartement voisin il y a quelques semaines, maintenant cette chougneuse qui s'est introduite il ne sait comment dans l'immeuble. Il demandera à Anne de vérifier la fermeture automatique de la porte principale. Faut pas charrier, ils ne vont pas héberger toutes les gueuses du quartier.

Après avoir réchauffé au micro-ondes les rognons de veau à la moutarde, il s'installe dans la salle à manger. Il tend l'oreille : un bruit léger dérange sa quiétude. Première bouchée : Anne a trop salé, à nouveau. Il lui répète pourtant à chaque fois qu'avec la moutarde, il n'est pas nécessaire de mettre beaucoup de sel. Mauvais pour sa tension. Elle veut sa mort, ou quoi ? Il déglutit et tend la main pour prendre son verre de bière quand, à nouveau, le bruit se répète. Ça ne vient pas de la rue, mais de la maison. La gamine ? Rien ne sert de regarder par l'œilleton, l'angle ne lui permettrait pas de l'apercevoir. Les bouchées suivantes confirment l'excès de sel : il va devoir ouvrir une deuxième bière. En se dirigeant vers le frigo, il l'entend encore. Plus de doute possible : les reniflements ont laissé place à des pleurs plus démonstratifs qui résonnent dans le hall de marbre de l'immeuble. Il va songer à isoler acoustiquement sa porte ; avec les viocs qui habitaient là précédemment, ça n'a jamais été nécessaire, ils ne sortaient pas de chez eux et les visites qu'ils recevaient étaient l'exemple même de la discrétion. La situation s'est retournée depuis l'arrivée de Prune.

Il mastique bruyamment le reste de ses rognons, afin de ne plus rien entendre, puis s'allonge sur le divan pour une traditionnelle petite sieste digestive. Ses ronflements ne peuvent s'élever tranquillement en contrepoint des reniflements extérieurs : à chaque fois, il se surprend à attendre le suivant, comme on attend le soubresaut du hoquet qu'on espère pourtant terminé. Il se relève péniblement du divan pour mettre un CD, Brahms l'a toujours apaisé. Il se relève une deuxième fois et augmente le son, il aurait dû préférer les Rolling Stones pour surpasser ce qui ressemble de plus en plus à des gémissements plaintifs. Rien n'y fait, l'envie de sommeil est passée et, à cause de cette foutue carte d'identité, il a pris du retard dans son analyse financière du jour. La mise sous presse ne l'attendra pas.

Éric va dans son bureau dont il ferme la porte, il doit s'isoler pour se concentrer et écrire son article quotidien. Après une demi-heure, il se lève déjà pour aller pisser : deux bières, sa vessie n'est pas habituée. Le bruit de l'urine dans la cuvette recouvre les bruits de pleurs de la gamine. Sanglots encore confirmés trois quarts d'heure plus tard. Impossible de se concentrer, malgré lui il arrête régulièrement sa réflexion, suspend ses doigts au-dessus de l'ordinateur pour mieux entendre si, encore et toujours, la môme geint dans son coin. Et Prune qui ne rentre jamais avant dix-huit heures en semaine !

À seize heures trente, il a envoyé son article, enfin. En traversant le living, il se rend compte du silence qui règne : à part le tactac de la chaudière, signe que les vannes thermostatiques du voisin du dessus ont lancé le chauffage, plus aucun bruit ne provient du hall. Elle aurait déguerpi, enfin ? Il ouvre la porte d'entrée et jette rapidement un coup d'œil : elle est toujours là, mais probablement endormie. Pour fêter le calme revenu, Éric s'offre une mousse au chocolat comme goûter. Puis il se plonge dans la lecture du dernier essai de Schmottberg, dont il a souvent admiré l'intelligence pointue des analyses. Après trois chapitres ardus, il relève la tête : toujours aucun bruit du côté du hall. Prune, non seulement, accueille les chiennes perdues du quartier, mais en plus elle se permet ce jour-là d'arriver en retard.

Il ouvre à nouveau la porte et directement, sans aucun doute possible, une odeur trop connue lui assaille les narines : la gamine a pissé sur elle. Pas besoin de voir la flaque jaune qui s'étale pour confirmer. Il allume la lumière pour ne pas marcher dedans et s'accroupit près d'elle pour lui dire, en atténuant sa grosse voix afin de ne pas trop l'effrayer :

— C'est Prune que tu attends ? Elle est en retard, ce soir.

49 : 7 =
6 x 8 =

Éric connaît les réponses aux calculs écrits au tableau noir et qu'il doit recopier dans son cahier. Il a eu du mal à ouvrir son stylo Parker et le titre, <u>Calcul rapide</u>, souligné de travers, est à peine lisible. Ses doigts sont engourdis par le froid et lui font mal, il ne parvient pas à se réchauffer. Il essaye en les glissant sous ses fesses, en les mettant entre ses cuisses, en soufflant dessus, en les agitant comme un magicien avant son tour de magie. Rien n'y fait, et les minutes tournent. Mademoiselle Van Oost va bientôt reprendre les cahiers : il aura un zéro. Ce n'est pas juste, il connaît par cœur ses tables de multiplication, à l'endroit, à l'envers, il ne se trompe jamais. Il est le meilleur de la classe. Une larme vient s'écraser sur *6 x 8*, qui se dilue en une grosse tache.

— Ça va, mon grand ?

Mademoiselle Van Oost s'est penchée vers lui pour lui chuchoter la question sans déranger les autres élèves. Sa voisine, Thérèse, est tellement concentrée qu'elle ne relève même pas la tête. Elle n'essaye pas de tricher en regardant sa copie ; pourtant, il a toujours des plus beaux points qu'elle.

— Je sais plus écrire.

— Pourquoi ? Que se passe-t-il ?

De gros sanglots le secouent, il est incapable de répondre. Mademoiselle Van Oost le prend par la main :

— Viens avec moi, tu vas m'expliquer cela dehors. Christine, tu surveilles la classe pendant mon absence !

Dans le corridor, elle s'accroupit pour se mettre à la hauteur d'Éric.

— Tes mains sont glacées. C'est pour cela que tu ne parviens pas à écrire ?

Éric acquiesce de la tête en reniflant.

— Il gèle à pierre fendre dehors. Tu n'as pas de moufles ou de gants ? Ni d'écharpe et de bonnet ?

Un simple signe de dénégation suffit. Hier, à la fin de journée de classe, il n'a pas retrouvé ses moufles là où il les cache toujours, dans la manche de son manteau. Il a cherché partout, mais il ne pouvait pas traîner, car Anne l'attendait pour rentrer à pied à la maison. Quelqu'un a dû prendre ses moufles, et il n'a naturellement pas osé s'en plaindre à la salope, qui dit qu'écharpes et bonnets sont un luxe pour douillets, en Belgique. Mademoiselle Van Oost attire sa tête vers elle et lui embrasse les cheveux en le rassurant :

— Pauvre petiot. Je ne doute pas que tu connaisses tes calculs, ne t'inquiète pas. Je ne tiendrai pas compte de cette interrogation. C'est un cas de force majeure.

Quand ils rentrent en classe, les élèves regardent les yeux rougis d'Éric, mais aucun n'émet le moindre commentaire, même lorsque mademoiselle Van Oost lui demande son journal de classe pour y inscrire une remarque. Il doit attendre la fin de l'après-midi, quand tous recopient les devoirs et leçons pour le lendemain, pour lire ce qu'elle a écrit :

Par ce temps quasi polaire, il est indispensable qu'Éric porte des gants. Merci d'y veiller.

Jamais il n'osera montrer son journal de classe à la belle-doche. Il y a deux mois, il a déjà perdu une moufle, et la crise a été terrible. Il a entendu injure sur injure, puis elle lui a confisqué la moufle qui restait.

— Tu n'es pas fichu d'en garder deux ? J'en garde une à la maison ; celle-là, tu ne la perdras pas.

Il a attendu dix jours avant d'en trouver une autre abandonnée sur un muret, pas très loin de chez lui. Il l'a prise et est allé fouiller dans l'armoire du vestibule pour trouver celle que la salope y avait cachée. Une paire, qu'elle soit dépareillée ou pas, réchauffe de la même manière.

Dans sa chambre, il s'exerce à imiter la signature d'*Irène Vandenbergh* des dizaines de fois, sur des papiers qu'il découpe en petits morceaux et élimine ensuite aux toilettes pour qu'elle ne les trouve pas. Finalement, il paraphe lui-même le journal de classe. Le résultat est un peu tremblant, mais mademoiselle Van Oost vérifie toujours très rapidement les signatures. Cela devrait passer.

Ce matin, il a essayé de porter son cartable en laissant sa main dans la poche de son anorak, mais il a dû arrêter parce que la poche se déchirait. Heureusement, les températures ont un peu remonté, et la morsure du froid est moins douloureuse que la veille. Il sent encore le bout de ses doigts en arrivant à l'école.

En classe, la réaction n'a pas tardé à venir. Mademoiselle Van Oost a arrêté son regard sur la signature d'Irène Vandenbergh, elle l'a scrutée, puis elle est sortie avec Éric, non sans avoir à nouveau dit :

— Éric, viens avec moi dans le bureau du directeur. Christine, tu surveilles la classe pendant mon absence !

Elle n'explique rien à monsieur Pierret. Elle lui montre simplement du doigt la signature, et ils se regardent d'un air entendu.

— Tu as des moufles aujourd'hui, Éric ?

Il doit répondre, sinon ça va mal se passer, il le sent.

— On me les a volées, je ne les ai plus retrouvées à quatre heures.

— Tu as regardé dans la caisse des objets perdus ? lui demande le directeur.

— Oui.

— Ta maman t'en a donné d'autres pour aujourd'hui ?

— C'est pas ma maman, c'est ma belle-... mère.

Il a failli dire « belle-doche », il s'est repris juste à temps.

— Ta belle-mère t'a-t-elle fourni d'autres moufles ?

— Non.

Il a dû avouer, dans un souffle, tout doucement pour ne pas que cela s'entende en dehors de ce bureau. Cet aveu va lui coûter cher, la situation va fatalement se retourner contre lui, il va connaître l'enfer.

— Mon petit bonhomme, tu dois savoir que c'est interdit d'imiter la signature d'un adulte, le sermonne le directeur. Je ferme les yeux pour cette fois-ci, mais que cela ne se reproduise plus. Si tu as un problème, tu peux en parler à ton institutrice ou à moi-même, mais tu ne peux pas tricher. C'est entendu ?

Puis, se tournant vers mademoiselle Van Oost, il lui demande :

— Allez voir dans les objets perdus si vous trouvez des moufles ou des gants qui peuvent convenir à Éric. On annonce encore une vague de froid sans précédent dans les jours à venir.

Hier, en regardant dans la caisse des objets perdus, Éric y a vu une paire de chaussures. Si leur pointure correspond à la sienne, il osera peut-être demander à mademoiselle Van Oost s'il peut les prendre. Les ongles de ses deux gros orteils noircissent parce que ses bottines sont trop petites depuis plusieurs semaines.

La gamine doit avoir sept ans. Encore une fillette, mais quand Éric aperçoit ce corps nu tout frêle dans sa salle de bains, il se trouble. Un tordu pourrait mal interpréter son intervention.

— Voilà, il y a assez d'eau pour te laver. Je te laisse. Quand tu as fini, tu mets cette chemise. Avec la ceinture, ça devrait t'aller.

Derrière la porte, il surveille les légers clapotis. Un enfant peut se noyer dans un fond d'eau, il ne voudrait pas être accusé de négligence. Elle ne traîne pas : cinq minutes pour se laver, puis il l'entend qui sort de la baignoire. Il patiente encore cinq minutes avant de frapper. Il doit frapper une deuxième fois, sans doute n'a-t-il pas entendu son *oui* timide. Elle l'attend, assise sur le tabouret, les mains croisées sur ses genoux, vêtue comme d'une robe de cette chemise bleu ciel qui avive le lavande de ses yeux.

— Viens au salon, on va attendre Prune. C'est bien chez elle que tu voulais aller ?

Aucune réponse. Elle monte à quatre pattes sur le divan, avant de s'y asseoir.

— Comment t'appelles-tu ?

Toujours rien.

— Tes parents doivent s'inquiéter, je devrais les prévenir.

Les yeux de la gamine s'emplissent de larmes et elle se recroqueville encore plus dans le coin du divan. Il a déposé un plaid sur ses genoux, parce qu'elle n'a plus de culotte et qu'elle a replié les jambes contre sa poitrine. Peut-être une nominette sur ses vêtements pourrait-elle le renseigner ?

Il se lève pour aller regarder et en profiter pour lancer une lessive avec ses affaires souillées.

— Zélie.

Sa voix est aussi légère qu'un souffle d'été. Il se rassied sur la table basse, juste en face d'elle.

— Pardon ? Je n'ai pas compris. Tu peux répéter ?

Elle respire un coup plus marqué et, à peine moins bas, répète :

— Zélie.

— Zélie comment ? Quel est ton nom de famille ? Tu connais ton adresse ? Ton numéro de téléphone ? Je dois prévenir chez toi.

Il doit surtout se débarrasser d'elle, mais il pose trop de questions et la gamine se renferme *illico*. Si Prune ne rentre pas vite, il sera condamné à jouer au garde-mioche des heures durant. Il essaye un autre biais.

— Tu as faim ? Il me reste de la mousse au chocolat.

Son frigo est garni des repas préparés par Anne, mais s'il lui en donne, il n'en aura pas assez pour sa semaine. Des mousses au chocolat, il en a toujours en réserve. Un sourire s'esquisse sur le visage de l'enfant.

Zélie racle consciencieusement son petit pot en plastique pour ne rien laisser de la mousse qu'elle a manifestement appréciée. Elle devrait être mieux disposée à répondre à ses questions.

— Pourquoi es-tu venue chez Prune ?

— C'est maman qui a crié : *Cours, cours vite ! Tu sais où tu dois aller !*

— Pourquoi ta maman a-t-elle crié ça ?

— À cause de papa.

Il lui a fallu beaucoup de patience pour, petit à petit, lui arracher les bribes d'une histoire qu'il a tenté de reconstruire. Zélie s'est enfuie parce que son père battait sa mère. Ce n'est pas la première fois. Sa mère lui a expliqué précédemment que, si cela arrivait à nouveau, elle devait s'enfuir et venir chez Prune. Pourquoi ? D'après Zélie, Prune aide sa maman dans une grande maison avec d'autres femmes, mais c'est trop loin pour y aller à pied. Il n'a rien pu en tirer d'autre. D'après ces informations, il suppute que sa voisine travaille dans une association pour femmes battues ; ils n'en ont jamais parlé.

C'est l'heure des journaux télévisés, qu'il ne rate jamais. Belgique, puis France. La déglingue mondiale exposée chaque soir selon le même rituel. Le temps suffisant sans doute pour que Prune daigne enfin rentrer chez elle et trouve le mot qu'il a collé sur sa porte. Zélie s'est endormie. Ni les bombardements du Moyen-Orient ni les vociférations du président américain ne la tirent de son sommeil. À la fin des JT, il zappe pour trouver un programme potable quand il entend :

— Tu vis seul ? Pourquoi t'es pas marié ?

Il revoit instantanément l'épisode *Claire-Fabienne-Françoise*. Son humiliation plus bas que terre de pisseux. La géhenne de la honte. Son annihilation. Anne qui le soutenait, un bras passé autour de ses épaules.

— Aucune femme ne voudra jamais de moi. Ma vie est foutue.

— Tu sais que tu peux compter sur moi, lui avait susurré Anne à l'oreille.

— Je vais prendre rendez-vous chez un urologue.

— Les cas d'énurésie secondaire sont psychologiques, tu le sais. Tu dois régler tes comptes avec Irène, même si elle est dans sa tombe. Si tu te décides, c'est un psychiatre que tu devrais consulter.

Elle connaissait son aversion viscérale pour les psys. Il n'avait jamais poussé plus loin les investigations. N'avait jamais noué de relation stable avec une femme. Leur avait substitué Irina. S'en était contenté. S'était replié.

— Pourquoi je ne suis pas marié ? Pour ne pas rendre une femme de plus malheureuse sur Terre, voilà tout. J'ai un caractère de cochon.

Et il ne peut s'empêcher d'ajouter pour cette gamine qui lui gâche sa soirée :

— Ton père aurait dû s'abstenir, lui aussi.

Zélie ne répond pas, comme si elle n'avait pas entendu, ou pas compris. Quelques minutes plus tard, elle oblige Éric à couper le son des pubs à la TV.

— Maman aurait été plus heureuse sans papa, c'est vrai, dit Zélie très lentement, au rythme de sa pensée. Mais je ne serais pas née. Donc elle aurait été moins heureuse, parce qu'elle m'appelle toujours *son petit bonheur*. C'est vraiment compliqué.

Elle s'arrête et se tourne vers lui :

— Ma maman va bien, tu crois ? J'ai peur pour elle. Il est très méchant, papa, quand il est énervé. Il tape très fort. Maman et moi, on essaye toujours de ne pas l'énerver, mais c'est difficile.

Que lui répondre ? Il ne va pas mentir : cette femme gît peut-être chez elle, refroidie sous les coups de son mari. Il se refuse à lui donner de fausses illusions, on ne devrait jamais mentir aux enfants.

— Tu ne veux pas me dire où tu habites ? Ton nom de famille ? Je vais prévenir la police, j'ai déjà trop attendu.

— Non !

Le cri surgit, immédiat, étonnamment fort pour un si petit corps.

— Maman a dit *Surtout pas la police*. Prune. Quand le policier fait de gros yeux à papa, la fois suivante il frappe encore plus fort.

Zélie a l'air tellement terrorisée qu'il redépose le téléphone. Bordel de merde, il est mal barré avec cette gamine. Prune ne rentre pas, il risque d'être accusé d'enlèvement, de séquestration, de pédophilie... mais il ne peut pas la trahir. Elle continue, sautant du coq à l'âne avec un naturel déconcertant pour un homme pétrifié dans ses habitudes :

— C'est quoi, cette marque à ton poignet ? C'est vilain.

— Mon chat m'a griffé, il y a longtemps.

— Tu as un chat ? Il est où ? Il t'a aussi griffé à l'autre poignet ? Tu as la même chose de l'autre côté. Tu devrais changer ses croquettes.

Mais faites-la taire, cette côtelette ! Il ne les remarque plus, ses cicatrices aux deux poignets. Il n'aime pas y penser.

Il a seize ans. Il prend un bain en caleçon, il ne veut pas qu'on le trouve nu. Sa pudeur est plutôt ridicule dans l'épisode ultime qu'il a orchestré, il le sait, mais il ne peut passer outre. D'habitude, il n'a accès à la baignoire que le dimanche, pour un bain partagé d'abord par son père, ensuite par Anne et enfin par lui. Les autres jours, il doit se laver au lavabo de sa chambre, à l'eau froide. Règle héritée de l'époque où la salope vivait encore, elle qui jouissait pour sa part de la salle d'eau quotidiennement. Privilège inique de l'adulte. Aujourd'hui, la maison est vide et il déroge aux usages familiaux, son ultime bravade. De ses poignets tailladés, le sang s'échappe en un flot discontinu, lent, qui se dilue dans l'eau chaude. Au début, ce fluide dessinait des volutes mouvantes, assez fascinantes dans leur lente évolution aquatique. Éric a imaginé tour à tour un papillon, l'Angleterre, une montgolfière. Maintenant, le sang forme simplement près de lui une masse plus sombre dans une eau déjà bien teintée.

Il s'est renseigné pour ne pas se manquer. L'eau doit rester chaude, sinon le sang coagule et les plaies se bouchent ; un filet s'écoule donc du robinet et le trop-plein avale le surplus dans un glougloutement discret. Il ne lui reste plus qu'à attendre. Bientôt, il devrait tomber inconscient. Puis mourir, définitivement. Trouver la paix, enfin. Il aperçoit encore son ventre, son caleçon, ses jambes, mais le tout s'estompe dans l'eau qui, de rouge vif, fonce plus en plus. Il est bien, il ne souffre pas, il ne souffre plus. Il échappe à cette vie creuse sans amour et sans but. Cette existence blanche de vacuité. Tout est vide autour de lui, avili, méprisable. Le comble de l'absurde : sa non-participation à la finale des olympiades de mathématiques à Moscou. Son père a soi-disant omis d'effectuer en temps et en heure les démarches nécessaires pour le visa. À quoi bon se démener, c'était Éric le meilleur des participants. Alors, il s'en va. Son cœur a ralenti, il ne le sent presque plus battre. Un battement. Un autre. Encore un, faible. Il va s'arrêter de respirer. Depuis longtemps, il ne s'est plus senti aussi bien, détendu, serein, plein. Il n'a pas peur, il fuit. Il s'enfonce et flotte en même temps, léger déjà, désincarné. Ce ne peut être que mieux après.

— Éric ! Ériiiiiic !

Un cri le dérange, veut le tirer de sa torpeur. Il résiste. Jamais il n'a entendu un appel venir d'aussi loin. Une telle peur contenue dans son prénom de guerrier. De la haine, oui, de la lassitude aussi ou, pire encore, de l'indifférence. Mais jamais cette angoisse qui étreint les deux syllabes, qui les éructe, qui les implore. Il sent qu'on lui prend les bras et qu'on les soulève, qu'on entoure ses poignets d'un lien qui serre trop fort. La chaleur s'en va, l'eau s'écoule, il a froid, tellement froid. *Maman, s'il te plaît, maman, laisse-moi venir avec toi. Je veux te rejoindre, te voir, te toucher, que tu me prennes dans tes bras, que tu me serres à m'étouffer. Que tu m'aimes. Maman.* On dépose sur lui une couverture, il claque des dents. Un bruit emplit la salle de bains et quelqu'un entreprend de le réchauffer au sèche-cheveux. Ce vacarme lui perce les oreilles, et la chaleur qui lui brûle la peau ne calme pas ses grelottements. Qu'on le laisse s'envoler, qu'on lui fiche la paix. Que tout se taise définitivement autour de lui. Le vrombissement cesse. Il garde toujours les yeux fermés, il est trop fatigué. Il ne veut plus voir, plus sentir, plus réfléchir. Il veut retourner là où il était. Dormir à jamais.

— Éric, mon petit frère. Les secours arrivent, tiens bon. Je t'en supplie, ne me laisse pas. Éric, bats-toi. Je serai toujours là pour toi. Toujours. Je te protégerai. Je te le jure.

Éric repousse ce souvenir. Il doit trouver une solution pour Zélie. Prune lui avait laissé son numéro de portable quand elle avait proposé de lui ramener quelques courses, tout au début de son emménagement. Comment a-t-il pu l'oublier ? Il l'avait gardé au cas où. Pour une mauvaise blague. Ou pour une plainte. À l'autre bout du fil, Prune répond immédiatement, avec une toute petite voix :

— J'arrive dès que je peux. Merci pour la petite. Vous ne pouvez pas savoir comme je suis soulagée qu'elle soit saine et sauve. Les policiers la cherchent depuis des heures. Je les préviens, ils sont ici.

Vite, vite, Éric court le plus rapidement possible, son cartable à la main, pour arriver à la maison. Le mercredi, Anne rentre avant lui. Il a hâte de lui montrer ce qu'il a reçu, pour la première fois : un vrai carton d'invitation, où une main a complété d'un *Éric* le texte déjà imprimé. Dans le coin en haut à droite, il y a des ballons multicolores et des confettis.

— Je suis invité à l'anniversaire de Thérèse ! crie-t-il, essoufflé, à peine passé le pas de la porte. Mercredi prochain !

Anne le regarde, l'air étonné. Elle est assise à la table de la cuisine et termine de manger ses tartines avec la soupe aux carottes, celle que Josée prépare toujours le mercredi midi pour leur faire plaisir.

— Elle a invité toute la classe, même moi ! Je suis content, content, content.

Il voudrait qu'Anne trépigne avec lui, qu'elle rie, qu'ils s'amusent ensemble de cette bonne nouvelle. Il a envie de chanter. Déjà, il répète dans sa tête *Joyeux anniversaire, joyeux...* Sa sœur reste assise et sourit, oui, mais un tout petit sourire qui ne se lit pas dans ses yeux.

— Thérèse ? Celle avec ses longs cheveux qu'on dirait des ficelles ? Celle qui louche un peu ? Il va falloir lui acheter un cadeau. Tu as de l'argent ?

— Non, tu sais bien. Et Thérèse ne louche pas.

— Ça m'étonnerait que tu reçoives des sous pour ça. Comment tu vas faire ? Tu ne peux pas arriver sans rien chez elle.

L'excitation d'Éric retombe. Il n'a pas réfléchi à la question. Un beau dessin comme cadeau ? Ce n'est pas son fort. Le système à réglettes qu'il a inventé l'an passé pour réviser les tables de multiplication ? Thérèse est bath, mais plus douée en récitation qu'en calcul. C'est peut-être une bonne idée pour l'aider, mais ça ne lui fera pas forcément plaisir.

— Elle habite où, Thérèse ? Tu pourras y aller à pied ? Tu sais qu'*elle* est chez le coiffeur le mercredi, et ça m'étonnerait qu'*elle* déplace son rendez-vous pour te conduire.

L'adresse est notée en petit au bas de l'invitation. *Avenue J.-F. Debecker* à *Woluwé-Saint-Lambert*. Éric ne connaît pas cette rue, elle n'est pas dans son quartier. C'est loin ? Peut-être qu'il pourra aller en bus, mais il n'a jamais tenté l'expérience tout seul.

— Tu viendras avec moi en bus ? Ou en tram ?

— J'ai catéchisme tous les mercredis, je pars bientôt. Et je n'ai pas envie que tu y ailles tout seul, tu vas te perdre.

Éric sent la tristesse le gagner. Il était tellement content d'aller pour la première fois chez une fille de sa classe ! Anne tente de le réconforter :

— Tu n'as qu'à rester ici, comme d'habitude ! J'aime bien quand on joue ensemble après le catéchisme, c'est chouette. Si tu veux, on ira à la piscine.

Elle essuie le reste de la soupe avec la croûte de sa tartine. Éric entend alors la grosse voix de Josée, dans son dos.

— Alors, mon grand, tu ne manges pas ? Allez zou, à table ! Qu'est-ce qui se passe ?

Anne croit bon d'ajouter après les explications chagrines d'Éric, comme si ça pouvait le consoler :

— De toute manière, y a pas pire peste que Thérèse. Elle prend toujours un air important à la récréation, rien que parce que son papa est juge.

Mais Éric, il l'aime bien, Thérèse. C'est la première qui l'invite, d'abord. Puis, elle sent toujours bon, un peu comme un Sugus à la fraise. Et elle est toujours habillée avec de jolis vêtements. Anne continue :

— Je l'ai même entendue menacer un garçon qui l'embêtait : *Mon papa t'enverra en prison, si tu continues* ! Pour qui elle se prend ? Elle est vraiment ridicule.

C'est pas vrai. Thérèse est gentille, jolie et presque intelligente. Surtout en français. Ils se complètent bien, tous les deux.

— T'inquiète pas, bonhomme. Si madame Irène est d'accord, je t'y emmènerai, à cet anniversaire. Et je cuirai des spéculoos dont ta petite camarade me dira des nouvelles, comme ça, tu auras un chouette cadeau !

La salope ne voudra pas, c'est sûr. Peut-être que Josée acceptera que ce soit un secret entre eux deux.

Zélie dort sur le divan, son pouce en bouche. Éric espère qu'elle ne va pas baver sur le tissu parce que les auréoles seraient difficiles à détacher. Elle est mignonne, cette petite. Même pour un vieux briscard comme lui, difficile de ne pas s'attendrir devant l'image même de l'innocence endormie, la pureté du profil, le nez légèrement en trompette, le calme serein qui transcende ce visage. Une quiétude tendre. Rien ne semble pouvoir la briser ; et pourtant ! Il est vingt-trois heures quand on sonne à la porte.

— Je suis désolée. Merci pour Zélie, je vais la reprendre chez moi.

Prune est ravagée. Le teint blême, la voix mal assurée, elle s'avance dans le living et se penche pour emporter la fillette dans ses bras. Elle perd l'équilibre, manque de s'affaler sur le divan et s'y assied, sans demander son reste.

— Excusez-moi, j'ai la tête qui tourne. Trop d'émotions, trop de fatigue. Et pas pris le temps d'avaler quoi que ce soit. En plus, il fait étouffant ici.

Éric se lève pour aller ouvrir la fenêtre. Oui, il fait chaud chez lui. Toujours au moins vingt et un degrés, même au plus fort de l'hiver. Avant qu'il ne baisse l'espagnolette, Prune murmure, comme si elle avait le pouvoir de le conseiller :

— Diminuez plutôt le thermostat, c'est mieux pour la planète.

Éric se retourne pour lui lancer un regard noir qui clôt immédiatement la suite moralisatrice qui allait venir. Il n'en a rien à foutre de l'écologie, du réchauffement climatique, de la fonte de la banquise. Il n'en conteste pas la vérité, mais peu lui chaut l'avenir des futures générations ; seules l'intéressent éventuellement de nouvelles perspectives économiques ouvertes par des technologies innovantes et des besoins inédits. En tout cas, plus jamais il ne veut souffrir du froid comme il en a souffert gamin.

Éric lui propose une mousse au chocolat pour lutter contre une éventuelle hypoglycémie, sinon elle aussi risque de passer la nuit sur son canapé. À ce rythme, il devra commander plus rapidement au magasin les desserts que l'incompétence d'Anne la rend incapable de cuisiner elle-même. Prune mange lentement, elle tremble. Ils ne disent rien, Éric attend qu'elles s'en aillent toutes les deux. Jamais autant de femelles n'ont foulé le sol de son appartement, c'est difficilement supportable ; d'ailleurs, il sent son vieil urticaire, disparu depuis longtemps, réapparaître. Si ça continue, il est bon pour une semaine d'antihistaminiques. Il projette alors de pousser sa gentillesse jusqu'à porter Zélie chez Prune, il ne voudrait pas devoir encore appeler les secours cette nuit pour un lumbago chez Prune ou un bras cassé chez Zélie.

— Whisky ? Cognac ?

Il voudrait activer les événements, lui donner la force nécessaire de se remettre en mouvement. Prune préférerait une tisane, il n'en a pas. Elle semble se parler à elle-même :

— Zélie habite dans le quartier. Sa mère a dû repérer par hasard où j'habite, je ne donne jamais mon adresse perso au boulot. Pauvre femme.

Après un regard à la gamine pour vérifier qu'elle dort toujours, elle reprend tout bas, avec quelques trémolos dans la voix.

— Elle est dans le coma, son pronostic vital est engagé. Si elle s'en sort, elle souffrira vraisemblablement de séquelles. Son mari a été arrêté. En plus, il a découvert l'adresse du foyer pour femmes battues dont je m'occupe, je ne sais pas comment, et il l'a postée sur Internet. Deux hommes ont débarqué et ont commencé à tout casser. Une de mes collaboratrices est blessée parce qu'elle a voulu s'interposer, la police est arrivée. On a dû placer toutes nos pensionnaires dans des lieux d'accueil d'urgence et, surtout, les rassurer. C'est la bérézina.

Éric songe à Zélie. Que va devenir cette gamine ? À sept ans, elle a déjà souffert et va encore souffrir. Elle devra s'endurcir pour s'en sortir, mordre sur sa chique, écraser, apprendre à attaquer. En plus, c'est une fille. Y en a qui n'ont vraiment pas de chance.

On peut lessiver un mur ! Éric a rigolé quand il a imaginé comment détacher les murs de sa chambre, les plier en quatre, puis en huit, et les fourrer dans une machine à laver géante. En fait, il suffit de prendre une éponge, un seau d'eau avec du savon et de frotter. Décevant. Mais il s'agit de sa chambre, et ça c'est une première.

Papa et la belle-doche étaient déjà partis avec Anne à un enterrement en Ardenne quand tante Catherine est arrivée ce matin, sa voiture toute remplie de paquets. Elle a crié *Branle-bas de combat*! avant de commencer à vider complètement la chambre d'Éric. Les meubles sur le palier et, par la fenêtre, directement dans le jardin, tout le reste : le matelas, les draps, l'alèse, la couverture qui gratte, la carpette et les rideaux. Et vlan ! Une fois la pièce vide, elle a commencé à lessiver les murs ; elle a demandé à Éric de l'aider et l'a juché sur un tabouret.

— Tu vas voir comme ça sentira bon, après ! Tu seras comme un roi dans ta chambre.

Éric s'applique, mais, même s'il essore bien son éponge avant de frotter, des gouttes dégoulinent sur les murs et sont arrêtées par la frise de nounours en papier, à mi-hauteur. Il a beau essuyer le plus vite possible avec un chiffon, la frise commence déjà à gondoler. Tante Catherine se désole :

— J'ai le même problème que toi, mon chéri. Je pensais pouvoir conserver la frise, mais ça va être difficile.

— Et Mamounette ?

— Mamounette ? Explique-moi.

Éric lui montre celle qui reçoit ses confidences chaque soir. Elle est encore intacte parce qu'ils n'ont pas encore travaillé de son côté.

— Si les nounours disparaissent, c'est pas grave, je suis un grand maintenant. Mais pas Mamounette, s'il te plaît.

Mademoiselle Van Oost dit qu'*un s'il vous plaît*, ça aide toujours. Tante Catherine réfléchit tout haut :

— La frise ne colle vraiment plus bien, mais la peinture est intacte. Sauf à la tête de ton lit, là où tu as dessiné Mamounette. Voilà ce que je te propose : je prends une photo couleur de Mamounette, je l'encadre et on la replace là où elle était. Et le tour est joué ! Ne t'inquiète pas, j'ai toujours mon appareil photo avec moi, dans la voiture.

Ils travaillent tous les deux de longues heures. Heureusement, il fait beau et les fenêtres peuvent rester ouvertes. Avec Radio-Luxembourg, ils chantent à tue-tête *Le travail, c'est la santé*. Quand passe *C'est une poupée qui fait non*, Éric mime de la tête le *non* avec une telle énergie qu'il manque de tomber de son tabouret. Ils pique-niquent à midi dans le jardin, avant de s'y remettre. En début d'après-midi, on sonne à la porte d'entrée : deux hommes en salopette sortent de leur camionnette un nouveau matelas et une couverture bleue qui a l'air très douce. Tante Catherine rit de le voir ébahi, mais il est gêné quand ils embarquent son vieux matelas dont la housse est noire, trouée par endroits, avec de la mousse qui s'en détache.

Quand les autres rentrent, sa chambre est métamorphosée. Tout est neuf et propre : les tentures, la carpette, le matelas, l'oreiller, les draps de lit et la couverture. Le lustre en forme d'avion est le même, mais Éric l'a bien lavé dans la baignoire et ses ailes brillent. Sa table de nuit a été dépoussiérée et frottée. Même l'intérieur de son placard a été nettoyé et les vêtements triés. Beaucoup ont filé dans la poubelle du garage, avec la literie. Sur la deuxième étagère trône une pile de nouveaux pyjamas. Tante Catherine lui a aussi acheté des langes.

— C'est peut-être une bonne solution pour toi, non ? Personne n'en parle, mais tu n'es pas le seul à connaître ces problèmes. Je ne t'oblige à rien, essaye au moins une nuit, personne ne le saura.

Son papa et tante Catherine discutent à deux au salon. Si Éric a bien compris, elle a mis la belle-doche à la porte avant de fermer la porte derrière elle. Il s'est vite caché dans un coin de la cuisine pour que la salope ne se venge pas sur lui. Il entend des voix, assez fortes, et même des cris, on dirait, mais il ne parvient pas à distinguer les paroles. À table, le soir, l'ambiance est glaciale. Les adultes ne disent rien, seule Anne parle et raconte en long et en large *Le club des cinq et la maison hantée* qu'elle a lu durant le trajet en voiture.

Tante Catherine est venue le border.

— Éric, je dois te dire quelque chose d'important. Demain, je pars très loin et pour longtemps.

La douceur et le parfum des draps enchantent Éric. Son pyjama, avec des zèbres dessinés dessus, est bien grand et moelleux. Tout est neuf et rien que pour lui. Il va dormir comme un chef, cette nuit, surtout qu'ils ont bien travaillé aujourd'hui.

— Tu vas prendre l'avion ? Tu as de la chance !

— Oui, c'est vrai. J'ai beaucoup de chance parce que j'ai trouvé un stage à Hong Kong. Je ne pouvais pas rêver mieux pour commencer.

— Hong Kong ? Ça ressemble à King Kong ! Et ça fait *ding dang dong*, comme les cloches dans *Frère Jacques*.

Tante Catherine sourit.

— Ce que tu dois comprendre, c'est que je ne reviendrai pas avant longtemps. Plusieurs mois.

— C'est pour ça que tu t'es disputée avec papa ?

— On ne s'est pas disputés, on a discuté. Ta situation devrait s'améliorer, il va te prêter plus attention. Tu auras des vêtements neufs quand ce sera nécessaire, ta chambre sera nettoyée régulièrement par Josée.

Peut-être alors que c'est à son papa qu'il demandera de nouvelles chaussures avant la rentrée. Éric n'a pas osé parler à tante Catherine des ongles tout noirs de ses gros orteils.

Elle ajoute :

— J'ai bien insisté pour qu'il en discute avec Irène, tout devrait rentrer dans l'ordre pour toi.

— Elle est méchante. J'ai pas pu aller à l'anniversaire de Thérèse.

— Elle n'est pas gentille avec toi, je sais. Pourtant, c'était une amie de ta maman. Elles se sont connues pendant leurs études d'institutrice.

— Elle était institutrice, comme mademoiselle Van Oost ?

— Oui, elle a arrêté de travailler quand elle a épousé ton papa. Ta maman, elle, s'est mariée tout de suite à la fin de ses études.

Mademoiselle Van Oost n'est pas encore mariée, heureusement pour lui et pour tous les enfants de sa classe ; de toute manière, elle sera bientôt trop vieille. Les draps et la couverture d'Éric, son nouveau pyjama, sa tête shampouinée sentent tellement bon qu'il ne perçoit pas le parfum de tante Catherine qui se penche pour l'embrasser. Son lange le chatouille un peu, mais il devrait s'habituer.

— Tu ne viendras plus me voir ?

— Pas avant plusieurs mois, non. Je penserai à toi, très fort. Je te le promets.

Éric est triste. Mais elle va revenir. Puis il a une toute belle chambre, maintenant. Tout va aller bien. Il y a juste…

— Et Mamounette ?

— Je t'enverrai le cadre, ne t'inquiète pas. Il suffira de planter un petit clou, et tu la retrouveras chaque soir.

Si c'est comme pour le nichoir, il pourra attendre encore longtemps, à moins qu'il n'essaye lui-même. Il se tourne vers le mur tout propre, sans Mamounette, et chantonne :

— Hong Kong, King Kong, ding dang dong, Hong Kong, King Kong, ding dang dong...

Il voit une immense cloche qui sonne à toute volée dans le ciel. Au battant est accroché King Kong qui tient à bout de bras un petit avion. Il va, il vient, il va, il vient... De Bruxelles à Hong Kong, de Hong Kong à Bruxelles.

Anne est arrivée sans prévenir, ce matin. Elle ne dit même pas bonjour à Éric avant de lui lancer :

— Regarde ce que j'ai trouvé : des photos de maman ! J'ai commencé à vider le grenier, c'est incroyable le brol qu'il y a là-dedans.

Elle dépose sur la table du living deux gros albums en carton veiné vert et une boîte métallique Delacre dont le couvercle est orné d'une image du mariage de roi Baudouin et de Fabiola, puis s'assied et tire la chaise à côté d'elle, en invite pour qu'Éric s'y asseye. Il attend debout, sans bouger.

— Viens regarder avec moi. Le premier album concerne le mariage de papa et maman et leur voyage de noces en Espagne, si j'ai bien vu ; le deuxième, nos deux naissances et l'emménagement dans la maison. La suite est en vrac dans la boîte. T'étais vraiment mignon, quand tu étais petit !

Il ne répond toujours pas et se dirige vers la cuisine pour se préparer un café. Anne finit par comprendre son manège et se lève, non sans avoir ajouté calmement :

— Pour ta gouverne, et même si tu ne me demandes rien, papa va mieux. On ne sait pas pour combien de temps. Un répit, sans doute... Et comme il faudra vider la maison quand on la vendra, j'ai commencé discrètement par le grenier.

Elle ferme doucement la porte d'entrée derrière elle.

Éric n'a jamais vu une seule photo de sa mère. Aucune. Son image a été effacée de la mémoire de toute la famille, par la seule volonté de son père. Tout ce qu'il sait, grâce à tante Catherine, qui ne lui a pourtant jamais envoyé les photos promises, c'est qu'elle avait de jolis yeux noisette. Bien qu'il ne soit qu'onze heures du matin, Éric rajoute une lampée de cognac dans son café. Il regarde les deux albums et la boîte déposés sur la table. Il redoute cette rencontre qu'il a pourtant tant espérée. Les retrouvailles après autant d'années risquent d'être périlleuses ; les images façonnées au gré des rêveries, des crises de larmes, des fantasmes, des projections vont se confronter à la réalité. Il va enfin savoir.

Dans la salle de bains, il passe un coup de peigne mouillé pour discipliner un épi récalcitrant, se parfume, vérifie sa tenue. Sa chemise ne dépasse pas du pantalon, les chaussures sont cirées, le gilet bien ajusté. Pour ce premier rendez-vous, son cœur bat vite, sa respiration se précipite quelque peu. Il n'en sourit même pas, il sent la peur lui étreindre la gorge.

Il tourne lentement la couverture du premier album, celui sur lequel est noté à l'encre blanche, en lettres rondes, *Jean et Isabelle*. La première photo, après une page en papier cristal qu'il tourne lentement pour ne pas la déchirer, est un gros plan noir et blanc d'un jeune couple, magnifique, joue contre joue. Il reconnaît son père dans ce bel homme aux cheveux foncés et fournis, au visage émacié et à la fine moustache soignée. Le sourire est resplendissant et les yeux pétillent d'un éclat malicieux. À côté de lui, une toute jeune femme regarde Éric droit dans les yeux. Elle le regarde comme aucune femme ne l'a jamais regardé. Elle le regarde comme s'il était unique, comme si elle le voyait à travers l'espace et le temps, elle le regarde comme on regarde l'avenir avec toute la confiance de ses vingt ans. Surpris, Éric fixe son propre reflet féminin, aux ressemblances évidentes, mais décalées. Il effleure du regard les yeux, le nez, les joues, les dents, la chevelure. C'est lui sans être lui. Son verso. Étrange sensation d'être dépossédé de soi, de rencontrer son autre, sa copie, son origine. Il ferme les yeux.

Deux gosses déguisés en mariés, chemise au col cassé et nœud papillon, robe blanche sagement décolletée et voile aux fleurs d'oranger. Quelle sinistre comédie ! Il referme la page, cette scène est trop violente pour lui.

Il ne peut y revenir que quelques heures plus tard, quand dans sa tête s'est calmée une tempête difficile à gérer. Il parcourt rapidement les deux albums et les photos de la boîte, pour ne plus connaître de surprises, jauger l'ensemble sans s'y appesantir ni s'y noyer. Et seulement après, quand il sent qu'une distance suffisante s'est établie entre ces clichés et l'homme de cinquante-six ans qu'il est maintenant, seulement alors, il consent à les observer consciencieusement pour y collecter un maximum d'informations possible sur sa prime enfance et sur celle qui lui a donné la vie.

Il pourrait être le père de sa mère, l'évidence à laquelle il n'avait jamais songé s'impose d'emblée. Elle s'est mariée à vingt ans, est morte huit ans plus tard. Ils ont les mêmes yeux, c'est indéniable, même si les siens sont maintenant entourés de rides, que ses cernes se marquent et que sa paupière s'alourdit. Difficile pour lui de juger si elle était belle, mais il s'en fout. Ses cheveux bruns et lisses couvrent à peine ses épaules, elle est très mince, son nez fin est légèrement retroussé. Elle sourit beaucoup, regarde son mari d'un œil qu'on ne peut qualifier que d'amoureux. Vraiment. Très amoureux. Cela l'étonne. Les œillades de son père ne sont pas en reste. Ce couple s'aimait, il doit l'admettre, pour autant qu'on ne puisse tricher pendant cinq ans devant un objectif. Anne était un bébé aussi moche que possible, rougeaud et engoncé dans des vêtements très près du corps. Pour la naissance de leur fils, ses parents avaient investi dans des pellicules couleur sur lesquelles les tons ont moins bien résisté aux années que le noir et blanc. Les fleurs du papier peint du salon sont brunâtres et tirent vers le jaune à certains endroits quand, à table, Éric bébé met la main à plat dans son gâteau avec une seule bougie. On distingue quelques arbustes encore maigres dans le jardin tout juste paysagé où son père le pousse sur un tricycle. Sur de nombreux clichés, on le voit dans les bras de sa mère, depuis la naissance jusqu'à son quatrième anniversaire. Autant sur les premières photos collées dans l'album que sur les autres en tas dans la boîte, elle arbore un sourire comblé ou éclate de rire. Elle couve du regard son petiot, l'embrasse sur la joue, dans le creux du cou et même sur le ventre. Elle le cajole couché contre elle, le tient à bout de bras au-dessus de sa tête, le maintient assis sur ses genoux, le porte sur les épaules. Et l'enfant reçoit tout cet amour le plus naturellement du monde.

 Puis, plus rien. Aucune image de sa mère alors qu'elle tombe malade. Ses joues ne se creusent pas, son teint ne devient pas hâve, elle reste dans une santé insolente jusqu'au dernier cliché.

Au moins a-t-il été aimé.

Éric est occupé à terminer ses devoirs sur la table de la cuisine quand un coup de sonnette l'interrompt. Il ne connaît pas la voix féminine qu'il entend, mais la porte ouverte sur le hall lui permet d'entendre distinctement :

— Services sociaux. Je viens pour une enquête au sujet d'Éric Vandenbergh. C'est bien ici ?

Il se cache sous la table. C'est quoi, les services sociaux ? Pourquoi ils le cherchent ? Pourquoi une enquête sur lui ? Il réfléchit à toute allure. C'est vrai qu'il a lancé un caillou sur Pistache, le chat du voisin. Ou peut-être que le propriétaire de la moufle qu'il a trouvée s'est plaint à la police ? Pourtant, elle traînait sur le muret depuis plusieurs jours quand il l'a prise. Ça ne doit pas être la bonne raison. Éric creuse encore dans sa mémoire pour trouver quelle bêtise il aurait pu commettre. Il n'a rien volé au bollewinkel[3], même s'il en a eu très envie. Il a pensé à beaucoup de vilaines choses, surtout au sujet de la salope, mais personne ne peut le savoir. À part Jésus, bien sûr, mais il ne cafte pas, celui-là. Et le curé a rien pu dire, Éric lui a raconté que des craques à confesse.

— Avant de le rencontrer et de discuter avec vous, j'aimerais commencer par une visite de sa chambre. Vous permettez ?

Impossible de voir la tête que tire la belle-doche, mais elle doit être encore plus moche que d'habitude. Éric aper-

---

3. *Bollewinkel* : en bruxellois, petit magasin de bonbons.

çoit une femme au chignon gris qui monte l'escalier devant elle. Les services sociaux, c'est juste une dame, étonnant. Il les suit à pas de loup, sans se faire repérer, et se cache derrière la porte de la chambre d'Anne pour les entendre. Elles échangent peu de paroles, mais il entend qu'on ouvre et ferme les portes de son armoire, qu'on bouge des objets. Heureusement que tante Catherine est passée il y a deux jours pour tout nettoyer et tout ranger ! Il aurait eu honte de ses pyjamas jaunis et de la puanteur dans sa chambre. Maintenant, elle sent bon, surtout que la nuit passée il a mis un lange, même si ça gratte. Son lit est propre et fait. Dommage qu'il n'ait pas encore reçu le cadre de Mamounette, ç'aurait été encore plus joli.

— Tout cela me semble très bien. Cette chambre est impeccable et très agréable. Serait-il possible de parler au petit ?

Au petit ! Pour qui le prend-elle ? À huit ans, il n'est plus un petit. Quelle idiote, cette dame ! Il se dépêche de dévaler l'escalier avant qu'elles ne sortent de sa chambre.

— Éric ! Viens au salon, s'il te plaît. On doit te parler.

C'est la première fois que la salope lui dit *s'il te plaît* en dehors de la présence de son papa. À marquer d'une pierre blanche. D'autant plus qu'elle tire la tronche ; elle a vraiment pas l'air contente, la belle-doche, et cela ne s'améliore pas quand elle est obligée de sortir de la pièce à la demande de la dame qui lui sourit, mais son sourire n'est pas vraiment joyeux.

S'ensuit une série de questions.

— Comment vas-tu, Éric ? Tu t'entends bien avec ta sœur ? Et avec ton papa et ta nouvelle maman ? À l'école, je sais que tu as de très beaux résultats : bravo ! Mais à la maison, raconte-moi un peu.

Après *le petit*, voilà *ta nouvelle maman* : décidément, la dame n'a vraiment rien compris. Même si elle prend un ton gentil pour l'apprivoiser, il ne se laisse pas avoir. Il réfléchit avant de répondre parce qu'il ne comprend toujours pas pourquoi elle est venue l'interroger et qu'il a peur de dire une bêtise. Il sait que, par le passe-plat, on peut entendre facilement ce qui se dit au living. Il chuchote presque pour que ses paroles ne portent pas jusqu'à la cuisine et sans cesse elle lui répète :

— Parle plus fort, petit ! Je ne te comprends pas.

Il n'ose pas lui raconter, il ne sait pas s'il peut lui faire confiance. Puis, ce qui se passe dans sa famille ne la regarde pas. Mais peut-être qu'elle pourrait tout de même l'aider ? Même si sa chambre est propre maintenant, il n'est pas sûr que la belle-doche va continuer à être moins méchante avec lui. Depuis tante Catherine, ça va mieux. Pour combien de temps ? Il est si perdu qu'il est obligé de serrer les genoux pour ne pas faire pipi sur lui.

— Va aux toilettes, je vois que c'est nécessaire. Ne crains rien, je suis ici pour ton bien.

Il a vraiment besoin de faire pipi, il a même une diarrhée terrible tellement son ventre s'est tordu au mot *enquête*, alors il n'entend pas ce que les deux femmes se disent quand il est sur le pot. Après s'être essuyé sans avoir osé chanter *belle-doche salope*, il se gratte longuement les fesses et le zizi, presque jusqu'au sang. Les langes apportés par tante Catherine sont très pratiques, même s'il a l'impression d'être redevenu un bébé, mais depuis hier des démangeaisons le torturent partout, devant et derrière.

— Je ne vais pas vous déranger plus longtemps. Je comprends que ce genre de visite soit désagréable à recevoir, mais comprenez bien que nous agissons pour le bien de l'enfant. Une personne mal intentionnée vous a dénoncés, mais mieux vaut pour nous une visite sans objet que de passer à côté d'un problème réel. Au revoir, madame.

La belle-doche ne lui rend pas son salut.

L'introït du *Requiem* de Fauré résonne à nouveau suffisamment fort dans l'immeuble pour qu'il parvienne jusque dans le bureau d'Éric et s'impose à ses oreilles. Après l'épisode de Zélie, une espèce de trêve s'était installée entre eux, mais là, elle le cherche à nouveau. Déjà, entendre n'importe quel morceau huit fois d'affilée, ça lasse, mais comment Prune ose-t-elle s'accaparer précisément celui-là ? Cette œuvre que sa mère aimait énormément, à en croire l'état d'usure du trente-trois tours dont il a hérité. Il admet qu'elle puisse l'écouter, l'apprécier ; pas se l'approprier. Crime de lèse-mère, même si ça prouve que Prune n'a pas des goûts de chiotte en matière musicale. La concentration d'Éric s'évapore à chacune des notes de musique, et pourtant il est acculé à écrire. L'agonie de la bourse se précipite, la crise bancaire dézingue les espoirs de la plupart des lecteurs du journal, son article est attendu pour dix-sept heures, et ces notes qui s'immiscent dans son esprit, sans son accord, flinguent sa concentration. La musique en boucle, belle, prenante, entraîne sa pensée dans une noyade dont il ne parvient pas à remonter. Il doit agir.

En traînant des pieds, il se décide à aller sonner chez sa voisine qui lui ouvre, les yeux rougis, le teint pâle. Un mouchoir chiffonné à la main tranche avec le reste de sa tenue noire qui, cette fois, couvre sa poitrine habituellement impertinente. Il avait songé à lui demander d'abord des nouvelles de Zélie, pour ne pas commencer tout de suite sur un ton belliqueux et montrer sa bonne volonté, mais, avant même qu'il ait le temps d'ouvrir la bouche, elle souffle d'une voix à peine audible dans l'offertoire du *Requiem* qui débute :

— C'était un des morceaux préférés de ma mère.

Elle le fait exprès ? Elle l'a épié, a découvert ses secrets les plus intimes ? L'a-t-il laissée seule un instant dans son appartement, quand elle est venue chercher Zélie ? A-t-elle eu l'occasion d'y trouver des traces de ce qui ne regarde personne ? Éric devrait réfléchir calmement, rationnellement, pour analyser la situation, mais il n'en a pas le temps. La jeune femme s'avance, il la voit déjà s'écrouler dans ses bras, sangloter sur son épaule, tacher de sa morve sa chemise bleue. Il recule d'un pas.

— On m'a téléphoné ce matin, elle est décédée... Je devrais y aller, je n'en ai pas le courage.

Elle a eu la chance de la connaître, sa mère, durant trente ans au moins, à voir les mini-ridules que le mascara dilué par les larmes souligne aux coins de ses yeux. Tout le monde ne peut pas en dire autant. De quel droit ce ton pleurnichard ?

— Fauré, c'est beau, mais c'est fort... Si vous pouviez diminuer le son. Il lui tourne le dos, avant d'ajouter, presque à son insu :

— Je suis désolé, pour votre mère.

Ce matin encore, Éric se lève le premier. À six heures trente, le facteur passe, et il veut voir de ses propres yeux ce qu'il a déposé dans la boîte aux lettres. Il a trop peur que la salope ne découvre avant lui Mamounette et qu'elle la lui cache. Voilà des semaines que tante Catherine lui a dit au revoir. Il pensait qu'elle posterait le cadre avant de partir, mais sans doute cela n'a-t-il pas été possible à cause du temps nécessaire pour le développement. Donc Mamounette va voyager en avion depuis Hong Kong jusqu'à Bruxelles, elle a de la chance. Sauf que cela dure longtemps, et qu'Éric aimerait dormir plus tard le matin, surtout quand il est resté propre. Il a dû jeter les langes, parce que les plaques rouges qui sont apparues sur son corps le démangeaient trop fort.

Dans son nouveau pyjama et ses belles pantoufles, Éric descend les quelques marches qui séparent la maison de la boîte aux lettres à front de rue. Déception, une nouvelle fois. Celle-ci ne contient que le *Soir* et des enveloppes pour son papa. Il se lèvera encore le premier demain. Mamounette va débarquer, c'est certain, elle ne peut pas l'avoir abandonné, elle lui manque trop. La frise et ses ours ont disparu, Éric se sent seul dans sa chambre. Avant de s'endormir, il parle aux murs, et même si mademoiselle Van Oost dit que les murs ont des oreilles, c'est pas marrant. Vite, il remonte vers la maison, le froid est encore piquant.

La lumière de la chambre de son papa est allumée. Il va être content. Ces derniers jours il lui a souri à chaque fois en recevant le courrier, et il l'a même remercié en l'appelant *mon petit coq*.

— Papa, j'ai pris ton courrier ! crie-t-il dans le hall, pour qu'il l'entende dans sa chambre.

Il a faim et, pressé de prendre son petit-déjeuner, il entre en trombe dans la cuisine. D'un geste, avant même de regarder dans la pièce, il actionne l'interrupteur. Un énorme cri retentit, suivi du bruit d'un objet métallique qui tombe à terre et qui rebondit.

— Aïe, meeeeeeerde !

Éric saute en l'air. Que se passe-t-il ? Son cœur bat en accéléré, il laisse tomber le courrier à terre. La lumière ne s'est pas allumée, mais on voit les ombres se détacher grâce aux réverbères de la rue. Scène noire et grisée. Il devine au milieu de la pièce une grande escabelle, à la place de la petite table en formica qui a été déplacée sur le côté. Et une silhouette, son papa dont il a reconnu le cri, qui en descend lentement, marche après marche, en jurant comme un des ouvriers communaux qui réparaient la clôture du parc.

— Merde, merde, merde ! Tu veux ma mort ou quoi ? Tu m'as électrocuté, ça fait mal !

Son père se frotte les mains en grimaçant, il le voit bien maintenant qu'il s'est rapproché. Ça veut dire quoi, électrocuté ?

— J'ai rien fait ! Je t'apporte juste le journal, souffle Éric.

— La lampe ne fonctionne plus, je regardais pourquoi. Tu sais tout de même qu'il faut se méfier de l'électricité !

Éric ne répond pas. Non, il ne sait pas. Non, il ne l'a pas vu occupé avec son tournevis. Non, il ne veut pas le tuer. Dans la pénombre, son papa, toujours occupé à se frotter les mains, s'assied sur une chaise. Entre ses dents, il lâche :

— Y a pas à dire, Irène a raison. Tu es vraiment un...

Un quoi ? Il ne termine pas sa phrase. Irène a raison. Il est vraiment un. C'est son papa qui l'a dit.

Agacé, Éric écoute sa cousine déblatérer. Que Prune soit la fille de tante Catherine ne change pas la face du monde. Cette nouvelle, étonnante *a priori*, il a eu le temps de la digérer depuis quelques jours.

— À la fin de ses études, ma mère est donc partie en Asie pour quelques mois. Finalement, elle y a mené toute sa carrière et n'est jamais revenue en Europe, sauf pour y mourir. Il faut dire qu'elle n'avait quasi plus de famille ici. Vous savez que sa mère était déjà morte depuis des années, que son père avait disparu à l'étranger et que sa sœur, votre mère, était décédée d'un cancer. Il ne lui restait que... vous deux, ses neveux.

La gueuze lambic attendra longtemps dans le verre que Prune lui a servi, il n'y trempera pas les lèvres. Anne, à côté de lui, ne se tient plus. Sa kriek est déjà à moitié vide et elle s'agite des fesses sur sa chaise, se tamponne les yeux, ponctue le discours de Prune de ridicules *Oh !* et *Ah !* impromptus.

— Ma mère n'a pas été correcte avec vous, je le sais. Elle me l'a expliqué il n'y a pas très longtemps, quand j'ai décidé de venir en Europe. Elle regrettait de vous avoir laissé sans nouvelles durant toutes ces années, mais elle croyait sincèrement que votre situation s'était améliorée après sa discussion avec votre père. Anne l'a détrompée il y a quelques mois. Elle en était mortifiée, croyez-moi. C'est pourquoi j'ai tu nos liens de parenté.

Elle veut qu'il plaigne la tata indélicate ? qu'il lui pardonne ? Depuis tout le temps qu'il la voue aux gémonies, qu'elle y reste. Qu'elle aille se faire mettre. Morte ou vive, ça ne change rien.

— Je ne me suis jamais très bien entendue avec elle. Toute sa carrière dans la finance a été consacrée au fric, toujours le fric. Juste quelques semaines de répit pour me pondre, à près de quarante ans, après avoir rencontré mon père qu'elle a vite délaissé par la suite. Pas de temps pour ces balivernes, peu rentables. On ne partageait pas les mêmes valeurs, mais c'était ma mère. Et maintenant, elle est morte.

Et patati et patata. Elle va encore en rajouter longtemps, de ses jérémiades ? Quand va-t-elle en arriver au cœur du sujet, à ce qui a amené Éric pour la première fois dans cet appartement ? L'argument massue, auquel il n'a pu résister, était formulé clairement dans le courrier qu'elle leur a adressé, à Anne et lui : suite au décès de Catherine Brabant, Prune héritait de tous ses avoirs. Elle les conviait donc chez elle afin de leur faire part de ses décisions quant au devenir de l'immeuble.

Les appartements de Prune et d'Éric ont beau s'organiser sur un même plan, ce qu'il voit de celui de sa voisine est diamétralement à l'opposé de son propre intérieur. Anne et lui ont pris place sur un divan jaune vif ponctué de quelques taches. À côté d'un narguilé rutilant, Prune leur fait face sur l'un des deux poufs qu'il a vus le jour de son emménagement. Est-ce celui sur lequel le chat tigré a pissé ? De grandes plantes vertes s'érigent de-ci de-là, des tissus bariolés asiatiques couvrent des pans de murs, des tapis jetés au sol cachent le parquet. Pas de rideaux aux fenêtres ni de tentures. Une impression de fouillis désagréable à la vue d'Éric, qui ne parvient pas à trouver une logique à l'agencement de ce fatras. Seul point positif : un parfum féminin, léger, subtil flatte ses narines. Et les bouquins, naturellement : partout, sans aucune organisation apparente, en piles verticales au sol, alignés dans la grande bibliothèque qui couvre tout le mur commun avec la cuisine, au-dessus des meubles, sur les chaises. Elle doit perdre des heures avant de mettre la main sur celui qu'elle cherche, mais Éric lui concède à contrecœur un bon point pour cet amour des livres.

— Je sais que ce que je vais vous dire ne va pas vous plaire, cependant j'y ai longuement réfléchi et c'est ce que ma conscience me dicte.

Éric tend l'oreille. Quand quelqu'un parle de conscience, cela n'annonce jamais rien de bon.

— Tout d'abord, je voulais vous préciser que nos relations n'ont rien à y voir. Même si...

Elle cherche ses mots, hésite.

— Même si mes relations de voisinage avaient été moins... mouvementées avec vous, Éric, j'aurais pris la même décision.

Elle va vendre l'immeuble, il en est sûr. Peu importe, Éric y a déjà réfléchi et la solution s'est imposée naturellement : il va acheter, quel que soit le prix. Il y est chez lui depuis tant d'années, il vit dans une telle osmose avec ces murs, son organisation est si bien rôdée qu'il ne peut envisager de vivre ailleurs. Même pour plus grand, plus beau, plus luxueux. Déménager le détruirait, aussi sûr qu'une augmentation brutale des taux de la B.C.E. annihile la reprise de la croissance. Et si Prune ne veut pas vendre à son antipathique voisin, il passera par un homme de paille. Il aura le temps pour s'organiser, puisqu'en tant que locataire, la loi le protège plus que de raison.

— Avec l'argent que m'a laissé ma mère, j'ai décidé de démolir l'immeuble pour construire à la place un centre d'accueil pour femmes battues. Au lieu des cinq appartements actuels, trop grands, peu fonctionnels, il pourrait y avoir des bureaux au rez-de-chaussée et une dizaine de studios pour qu'un maximum de femmes puisse trouver un lieu où s'arrêter, souffler un peu, commencer à se reconstruire. La loi vous laisse, Éric, six mois pour déménager ; je vous en octroie six de plus.

Elle le regarde, en quête d'un signe de sa part. Assommé, il ne bronche pas. Elle poursuit :

— Je sais que c'est difficile pour vous, mais, à mes yeux, la cause des femmes est primordiale. Aucun intérêt particulier ne peut prévaloir.

Anne a osé poser sa main sur le poignet d'Éric. Elle n'est pas concernée par cette décision. Est-ce pour le maîtriser que Prune l'a invitée ? Il dégage son bras, se lève d'un coup. Il est obligé d'attendre quelques instants avant de se mettre en route, car un voile noir lui barre la vue. Il se dirige vers la porte, comme un automate. Il étouffe dans cet appartement dont la température lui est pourtant apparue glaciale quand il y est entré. Il entend à peine les paroles d'Anne :

— Prune, tu n'as pas le droit ! Tu ne te rends pas compte ! Regarde comme il souffre déjà...

Il ne ferme pas la porte derrière lui, alors qu'il fouille machinalement la poche de son pantalon pour trouver ses clés.

Sur une place du quartier, Éric se promène dans la foule avec sa sœur, leur papa et une autre grande personne qui donne la main au garçonnet. C'est la fête foraine ! La musique très forte remplit l'air – il la sent battre jusque dans sa tête, sa poitrine, son ventre – et se mélange avec les odeurs de friture, de barbe à papa et de hot-dogs. Des autos tamponneuses d'un côté, un marchand de smoetebollen[4] de l'autre, mais ce n'est pas cela qui attire Éric. Il tire sur la main qui tient la sienne pour arriver le plus vite possible

---

4. *Smoetebol* : en bruxellois, beignet.

au manège. Vite ! Vite ! L'avion rouge vif, le seul qui s'élève dans les airs à un mètre du sol, ne reste jamais longtemps libre, et il veut absolument y embarquer comme pilote.

— Ne t'encours pas, j'ai peur de te perdre, lui dit celle qui le tient fermement.

La voix qui chante *Le lundi au soleil* s'évanouit quand elle parle. La foule entière se tait pour qu'il entende cette recommandation calme, rassurante. S'il avait su, Éric aurait levé les yeux, il aurait détourné le regard de l'avion qu'il convoitait, il se serait perdu dans l'admiration de celle qui devait le regarder avec tout l'amour qu'une maman éprouve pour son enfant. Mais il ne sait pas. Alors, il tire de toutes ses forces sur la main, il fixe sa cible, il guette les alentours pour arrêter du regard celui qui risque de grimper avant lui sur l'engin. À deux mètres du manège, la main le lâche, et il se précipite pour enjamber le rebord du manège et atteindre, enfin, l'avion de ses rêves qui s'élève bientôt. Il cherche du regard ceux qui l'accompagnent, pour pouvoir leur dire bonjour en agitant la main et lire de la fierté dans leur regard.

— ENCORE ! Sale pisseux ! Quand est-ce que ça va s'arrêter ?

Il sursaute dans son lit, réveillé instantanément. Cette fois-ci, il ne l'a pas entendue arriver et, déjà, elle l'agrippe par les cheveux pour le sortir du lit. Il dégringole sur la carpette, se protégeant le visage de ses bras, tandis que s'abattent sur lui les gifles habituelles.

— Arrête, arrête ! Tu fais mal !

— J'espère bien que je te fais mal ! C'est la seule manière pour que tu comprennes que c'est dégoûtant de pisser au lit. Tu as passé l'âge, et je ne veux plus, tu entends ? je ne veux plus que ça continue. Y en a marre.

Il pleure. Rien ne l'a préparé à cet abrupt réveil. Il a vécu ses plus beaux moments de plénitude, il s'est senti aussi léger et puissant à la fois qu'un avion virevoltant dans les nuages avant d'exécuter des loopings, sous les bravos d'une foule amassée à ses pieds. La descente a été vertigineuse, la chute aussi fatale qu'inattendue. Du septième ciel au trente-sixième dessous.

Elle n'aime pas ça, qu'il pleure. Seules les femmelettes se laissent aller à pleurnicher, pas les garçons. Alors elle redouble ses coups, malgré ses cris, auxquels se joignent ceux d'Anne sortie du lit par le remue-ménage.

— Relève-toi, déshabille-toi et prends tes draps. Arrête de geindre. Direction : la buanderie !

Anne s'avance pour l'aider, mais elle la repousse du plat de la main.

— Laisse-le se débrouiller. Il doit assumer les conséquences de ses bêtises.

La couverture bleue aussi est mouillée. Il veut la prendre, avec le drap du dessus et celui du dessous, mais elle lâche :

— Laisse la couverture, ça séchera pour ce soir.

Au milieu des draps en tas, il dépose sa veste et son pantalon de pyjama, et il essaye d'en faire une masse compacte pour la prendre sans qu'un pan ne traîne par terre.

— T'auras du poil au zizi que tu continueras encore à pisser au lit ?

Il trottine devant elle, sur le palier, se dépêchant pour échapper à sa furie, lui offrant malgré lui ses fesses nues. Elle arme son bras pour frapper encore, une seule, mais une belle fois, sur ces fesses rebondies et menues, aussi blanches que celles d'un agneau qu'on immole. Il devine son geste, lâche les draps qui tombent à terre et, en un geste de défense, un réflexe impertinent de protection qui exacerbe la fureur de la belle-doche, ramène ses mains sur son postérieur. Elle se penche pour atteindre de la main sa cible ; elle perd l'équilibre, poussée dans le dos par Anne ; elle trébuche sur le drap qui traîne ; elle part la tête la première dans les escaliers.

Il ne gardera aucune image de la chute. Il voit la salope plonger en avant dans un vol plané, stupéfaite, un cri lui sort de la gorge. Puis la caméra s'arrête, seul le son s'enregistre, au ralenti. Ce cri, d'abord, énorme, viscéral, inhumain comme elle l'a été tout le temps où elle s'est occupée de lui, qui s'éteint avec le choc, sourd, sur une marche, suivi du raclement rythmé sur les barreaux de la rampe, le déchirement d'un vêtement, un deuxième choc, toujours assourdi par le tapis, un craquement sec, profond, et un autre plus léger. Un râle. Le silence, enfin.

La caméra se remet en route. En plongée depuis le haut du palier, elle est encore plus effrayante morte que vivante. Sa tête, dans un angle inédit avec le reste du corps, perd beaucoup de sang, par les oreilles, par la bouche, par le nez plus très droit, assombrissant le tapis rouge d'une large auréole. Son peignoir et sa chemise de nuit dévoilent des jambes fines, marquées de veines bleues, et une touffe de poils bouclés et noirs d'où émerge un bourrelet de chair rose foncé, première vision d'un sexe féminin imprimée dans la rétine d'Éric. Elle a les ongles des doigts de pied vernis en rouge ; celui du gros orteil pend, à moitié détaché. Un genou tordu dans un sens étrange, un bras par-dessus la tête et une main déposée sur le ventre. Le film s'arrête au hurlement d'Anne.

Éric attend François, son coiffeur qui vient tous les deux mois lui couper les cheveux à domicile. Comme la veille et l'avant-veille, il n'a pas eu le courage de s'habiller, mais son pyjama de soie à impression cachemire donne le change. Las, il ouvre la porte sans regarder dans l'œilleton, et voilà Prune devant lui.

— Laissez-moi entrer, Éric. Je voudrais qu'on parle. Je n'aime pas la manière dont notre entrevue s'est clôturée, l'autre jour.

Éric ne bouge pas. Spontanément, il lui aurait fermé la porte au nez, mais il est obligé de composer avec la fourberie incarnée en face de lui. Sans compter la grosse bottine qu'elle a glissée l'air de rien dans le coin de l'embrasure.

— Je me doute que ma décision ne vous arrange pas, mais vous devez me comprendre.

La comprendre ? Il y a des dizaines d'endroits qui auraient pu convenir à son projet, et il fallait qu'elle choisisse justement son appartement ? Comme par hasard ? Il y a cinquante ans, Catherine la félonne détruisait son peu de confiance pour le genre humain, pour les femmes plus particulièrement, et maintenant sa fille le boute hors de son antre, hors des remparts qui le protègent des vicissitudes infligées par autrui ? Un refuge pour femmes battues ! Comme si lui, il n'en avait pas besoin, d'un refuge. Son appartement, c'est sa carapace, sa peau protectrice. Il se sent écorché vif comme un lièvre destiné à la casserole, vulnérable comme un escargot sans sa coquille. Ces stupides métaphores animales qui s'imposent à son esprit prouvent l'ampleur de son désarroi.

— Dites quelque chose, Éric, discutons. Anne m'a dit pourquoi vous vous repliez. Elle a sorti ses griffes quand elle vous a cru attaqué, je ne la reconnaissais plus. Elle vous aime beaucoup, votre sœur. Vous avez de la chance.

Arrêter tout de suite ces vomissures abjectes de bienveillance. Stop !

— Combien ? Combien vous voulez pour construire ailleurs votre immeuble ? Dites un prix.

— Non, Éric, je suis désolée. Le fait que le terrain m'appartienne déjà permet d'accélérer le processus. Les plans sont dressés depuis un certain temps, la demande de permis de bâtir est introduite à la commune. Ma mère avait accepté que j'entreprenne les démarches de son vivant, après une donation, une manière pour elle sans doute de se racheter une conscience et de se réconcilier avec moi avant de mourir.

Toute la stratégie qu'Éric avait élaborée depuis la funeste réunion s'écroule. L'espoir qui lui permettait de persévérer, d'encore tenir debout vient de s'éteindre. Une dernière tentative.

— Votre prix sera le mien. J'ai les moyens, vous savez.

Jamais il ne s'est mis à nu comme cela. Il est désemparé. Il ne veut pas vivre ailleurs, ne peut pas vivre ailleurs. Il va dépérir. Il a besoin de sentir autour de lui la gangue de ses habitudes pour être à l'abri, de serrer ce corset protecteur pour maintenir droite la colonne vertébrale de sa vie.

— Moi aussi, je suis riche maintenant, mais l'argent n'achète pas tout. La situation est idéale : des écoles pas loin pour la scolarisation des enfants, la proximité du métro, de la gare. Puis, il n'y a encore rien dans cette partie de la ville pour les femmes battues et plus aucun terrain disponible. Pensez à Zélie, à sa maman... Vous vous en remettrez.

Non, Éric ne pense pas à Zélie et à sa mère. Éric pense à ce royaume dont il était le seul monarque et l'unique vassal, qui ne tolérait que de très rares incursions étrangères sur son territoire. Il ne veut pas abdiquer, une femme l'a destitué. Déchéance.

Anne a poussé la salope dans l'escalier, et elle est morte. Morte pour de vrai, Éric est assez grand cette fois-ci pour le savoir. Sa maman, elle, s'est volatilisée quand elle est morte ; alors, il a bien regardé sa belle-doche au pied des marches, pour être sûr. Ses yeux étaient fixes, du sang coulait de partout de sa tête. Le tapis est tout sale, maintenant. Il a même vu qu'elle avait plein de poils à la zézette parce que sa chemise de nuit était remontée. C'était bizarre.

Quand leur papa leur a dit d'une voix qui tremblait un peu que la police allait arriver, Anne lui a lancé les draps sales par-dessus la balustrade, pour qu'ils ne touchent pas le corps. Éric ne voulait pas que la police sache qu'il fait encore pipi au lit. Maintenant, dans le salon, assis sur le divan en face de lui, un monsieur se penche vers la table basse et lui pose des questions sur ce qui s'est passé. Il a une grosse voix, un bouton sur le nez et il sent la cigarette. Son papa dit que ceux qui fument sont des imbéciles. Mais l'imbécile est gentil, il essaye de parler doucement pour qu'il n'ait pas peur. Il est un enfant qui vient de voir pour la première fois un cadavre, alors le policier fait attention, même si, dans son métier, il voit plein de morts tous les jours et qu'il est habitué.

— Tu dois me dire la vérité, c'est important. Réfléchis bien, ferme les yeux et raconte-moi tout ce que tu as vu.

Éric ferme les yeux, et il voit du sang qui coule de l'oreille. Ce n'est pas ce que le monsieur veut. Alors, il serre les yeux encore plus fort et les poils de la zézette apparaissent. Il n'ose pas rouvrir les yeux, parce qu'il a peur que le gentil imbécile soit fâché qu'il ne dise rien.

— Où étais-tu quand madame Vandenbergh est tombée ?

Vandenbergh, c'est son nom à lui, Éric Vandenbergh, et à sa sœur et son papa. Il ne répond pas, mais il ouvre les yeux. Le monsieur se tourne vers son papa, qui est assis dans son fauteuil.

— Comment les enfants appelaient-ils votre femme ?

— Irène voulait qu'ils l'appellent maman. Mais...

Son papa hésite. Il ne sait pas comment ils nommaient la salope.

— En fait, ils s'arrangeaient pour ne pas lui donner de nom, je crois.

Et après un silence, il ajoute :

— Je suis désolé.

Le policier se tourne à nouveau vers Éric et il le regarde sans rien dire. Puis il lui demande, avec une voix tellement douce qu'elle sonne faux, comme le loup qui se fait passer pour la maman dans *Le loup et les sept chevreaux* :

— Où étais-tu quand ta belle-mère est tombée dans les escaliers ?

— Je sortais de ma chambre.

Éric ne raconte pas le réveil en sursaut, le pyjama mouillé, la colère de la belle-doche, les coups qui se perdent, le drap de lit trop grand qui traîne par terre derrière lui et qu'il doit porter à la buanderie. Et il ne dit pas où se trouvait Anne ni ce qu'elle a fait. Pourtant, il a bien vu les deux mains vers l'avant qui ont poussé en un coup, fort, sur le dos de *Madame Vandenbergh*, comme il dit, et qui l'ont fait tomber dans l'escalier.

Tuer une salope, c'est pas grave. Quand on écrase les araignées ou qu'on installe des pièges à guêpes, la police ne dit rien. Pourtant, mademoiselle Van Oost a expliqué à l'école que les petites bêtes sont utiles dans la nature, même si on les appelle des nuisibles, et qu'il faut les respecter. Mais la belle-doche, elle était nuisible pour tous et utile à personne.

De toute manière, le policier ne lui a pas posé de questions sur Anne.

Éric attend le médecin qui doit passer ; le journal le lui envoie parce qu'il n'a plus rendu ses articles depuis des jours. Peu lui importe, il veut démissionner. Mais le rédac-chef, ce couillon, ce grippe-sou, tient au médecin pour l'aider à dépasser son coup de blues, lui donner les médicaments nécessaires, éventuellement écouter ses problèmes. Surtout pour que le journal continue à bénéficier de la renommée internationale de son chroniqueur. Éric n'est pas dupe, il a eu beau protester, le chef a tenu bon. Peut-être n'est-ce pas une si mauvaise idée, le carabin pourra lui prescrire des somnifères.

Au lieu du coup de sonnette attendu, il entend des bruits dans le hall, presque des cris. Une discussion vive, très vive. Il ouvre la porte et voit sa sœur invectiver Prune.

— Tu n'as pas le droit ! Tu vas le tuer ! Tu vas le tuer !

— Il est plus fort que tu ne l'imagines. Et tu exagères, un déménagement n'a jamais tué personne.

— Mais tu es bouchée ou quoi ? Il ne supportera pas de quitter son appartement. Personne ne le connaît aussi bien que moi, c'est mon petit frère !

Voilà les deux mégères qui sont passées de l'épisode des bisous sur le trottoir à celui du crêpage de chignon. En d'autres circonstances, il aurait été fier d'être à l'origine de leurs cris, mais là, maintenant, il a juste envie de retourner dans son lit pour dormir et dormir encore, grâce aux somnifères que le médecin lui fournira.

Anne se retourne et le voit. Il est toujours en pyjama, un bleu ligné, cette fois. Sa sœur n'a pas l'air d'apprécier le spectacle qu'il lui offre.

— Éric, te voilà ! J'essaye d'expliquer à Prune...

Celle-ci l'interrompt. Elle tient un carnet et un crayon à la main.

— On ne va pas continuer à parler *ad vitam æternam* de cette situation. Je dois relever les compteurs en bas, excusez-moi.

Et, en la regardant droit dans les yeux, elle attend qu'Anne se pousse pour lui libérer l'accès à la porte de la cave. Elle ouvre la porte assez brusquement et s'apprête à descendre.

Éric n'a pas le temps de réagir, il est trop lent, tout va trop vite. Prune descend une marche, tournant le dos à Anne. Celle-ci tend les deux bras et, d'un geste violent, la pousse en avant d'un coup sec au niveau des omoplates. *Bis repetita placent.* Prune bascule, la tête la première, et disparaît de leur vue. Le carnet de notes s'écrase platement et ne bouge plus. Un cri, très aigu, s'élève avant de tarir pour laisser résonner les chocs sourds du corps qui rebondit sur les marches en béton, puis qui glisse. Qui rebondit, puis qui glisse. Qui rebondit, puis qui glisse. Une basse lourde et rythmée que répercute et amplifie l'espace nu de la cave, comme une contrebasse, avec en arrière-fond des bruits diffus, sans doute les bras et les jambes qui rencontrent des obstacles. Qui raclent.

Qui craquent. Le crayon carillonne clair et léger, à chaque rebond. La beat box de l'escalier. Puis, comme à chaque fin de musique, joyeuse ou macabre, le silence s'installe.

La pénombre régnait dans la chambre de sa maman, parce que ses yeux ne supportaient plus la lumière vive, et ça sentait mauvais. Pourquoi une telle odeur ? Anne ne savait pas, mais elle avait l'impression que cela s'accentuait le peu de fois où elle avait l'autorisation d'y pénétrer.

— Viens, ma chérie, approche-toi, n'aie pas peur.

Sa maman avait tant maigri que ses yeux dévoraient tout son visage. Deux grands ronds pleins de douceur qui apparaissaient et disparaissaient au gré des paupières ouvertes ou fermées. Son teint avait viré au jaune. Seule sa voix n'avait pas changé, même si elle paraissait fatiguée.

— Quand je pense que tu as déjà l'âge de raison... Il faut que je te parle, comme à une grande, même si, en fait, tu es encore trop jeune pour entendre ce que j'ai à te dire. La maladie en a décidé autrement.

Elle s'arrêta, essoufflée, et ferma les yeux à nouveau avant de continuer.

— Tu as dû entendre que j'allais bientôt m'en aller. Tu comprends ce que cela veut dire ? Je vais mourir. J'aurais tant aimé vous voir grandir, ton frère et toi.

Anne pleurait en écoutant sa maman. Elle ne voulait pas devenir une orpheline, comme Oliver Twist.

— Je veillerai sur vous de là-haut, avec tout mon amour, mais je ne pourrai pas intervenir et je crains... que ton papa ne soit très... abattu.

Des larmes coulaient sur ses joues creusées. Elle reprit lentement, en accentuant chaque syllabe, comme pour souligner l'importance de ce qu'elle disait.

— Je te demande donc de veiller sur Éric. Même si c'est un garçon, il est fragile et tellement sensible. Protège ton petit frère du mieux que tu pourras, ma chérie. Je compte sur toi. Tu devras être forte.

Entre deux sanglots, du haut de ses sept ans, Anne promit.